가장 빛나는 혼자

마인드큐브 책은 지은이와 만든이와 읽는이가 함께 이루는 정신의 공간입니다.

가장 빛나는 혼자

남난희의 카일라스 순례

남난희 지음

마인드큐브

[일러두기]

카일라스(Kailas)는 티베트 고원의 서남부에 있는 산으로, 산스크리트어 '까일라슈아'의 영어 표현이다. 이 산을 티베트인들은 '강린포체'라고 부르는데, 이 책에서는 세계적으로 좀더 널리 알려진 이름인 '카일라스'로 표기한다. 근처의 호수 역시 마찬가지로 이유로 '마팜윱초' 대신 마나사로바(Manasarovar)로 표기한다.

책머리에

카일라스(Kailas)는 우주의 축(軸)이라고 한다.

카일라스는 우주의 중심이라고 한다.

카일라스는 우주의 배꼽이라고 한다.

카일라스는 영혼의 성소, 신의 영역, 깨달음의 상징이라고 한다.

카일라스는 지구상에서 가장 신비한 곳이라고 한다.

카일라스는 아시아의 4대 강의 발원지이면서, 아시아 4대 종교의 성지이기도 하다.

아시아의 4대 종교란 불교, 힌두교, 자이나교, 그리고 티베트 토속 종교인 뵌교를 말한다. 티베트 불교에서는 카일라스 정상에 삼천 대천 세계가 있다고 하고, 힌두교에서는 산 정상에 그들의 강력한 신인 시바신이 거한다고 본다. 자이나교에서는 교주인 마하비르가 깨달음을 얻은 곳이라 하고, 뵌교에서는 교주가 이 산을 타고 내려왔다가 때가 되었을 때 다시 승천했다고 한다.

아시아의 4대 강이란 얄룽창포 강, 수트레즈 강, 카르날리 강, 그리고 인더스 강을 말한다. 얄룽창포 강은 이 산의 동쪽에서 발원한 강으로, 히말라야를 지나면서 이름이 부라마푸트라 강으로 바뀐다. 티베트 고원을 서에서 동으로 히말라야 산맥과 나란히 흐르다가 남서쪽으로 급하게 꺾이며 인도 아삼 지방과 방글라데시 삼각주를 지나 벵골 만으로 들어가는 강이다. 총 길이는 2,900킬로미터. 수트레즈 강은 서쪽에서 시작한 강으로, 구게 왕국을 지나 히말라야를 넘어 인더스 강과 합류한다. 남쪽에서 만들어진 물은 카르날리 강이다. 히말라야를 넘어 네팔을 지나 인도에서 갠지스 강과 합류한다. 곧 갠지스의 원류다. 북쪽에서 출발한 물이 인더스 강이다. 이 강은 카일라스 북벽을 출발해서 히말라야와 평행으로 북서로 흐르다가 카슈미르 북부를 지나고 라다크 산지를 지난다. 그러다가 남서로 방향을 틀고는 파키스탄을 관통하여 카라치의 남동쪽 아라비아 해로 흘러든다. 이 강의 길이도 2,900킬로미터라고 한다.

티베트 사람들은 이 강들이 동물의 입에서 나오는 것으로 신화적 해석을 하기도 했다. 즉, 얄룽창포는 말의 입, 수트레즈는 코끼리의 입, 카르날리는 공작의 입, 인더스는 사자의 입으로 여겼다. 이 동물들은 불교와 관계가 있다고 한다. 말은 지혜를 의미하고, 코끼리는 자비의 힘을, 공작은 법문을 통한 감화를, 사자는 진리를 향한 두려움 없는 실천적 행보를 상징한다고 한다.

임현담 선생의 『강린포체』를 보면, 말은 고타마 싯다르타가 붓다가 되기 위해 모든 것을 버리고 출가할 때 타고 나온 동물이며, 코끼리는 싯다르타의 어머니인 마야 부인의 태몽에 나온 동물이다. 공작은 싯다르타가 수행을 할 때 주변의 코브라, 뱀 등 해충을 잡아먹어 수행을 도왔으며, 사자는 싯다르타가 깨달음을 얻은 후 사자후를 토하여 세상 질서를 바로잡은 데 대한 상징으로 나타났다고 한다.

카일라스 산의 네 면을 보석에 비유하기도 한다. 산 전체를 수정으로 보고, 동쪽은 유리, 서쪽은 루비, 남쪽은 사파이어, 북쪽은 황금으로 해석했다.

한편, 마나사로바는 해발 4,582미터에 있는 고원 호수로, 카일라스에서 발원한 물이 모이는 곳이다. 세계에서 가장 높은 곳에 있는 담수호로, 그 둘레가 자그마치 100킬로미터가 넘는다. 이 호수도 4대 종교의 성지로 추앙되고 있다. 특히 힌두교도의 절대 성지다. 그들이 추앙해 마지않는 강, 즉 갠지스 강의 원류이기 때문이다.

전설에 따르면, 브라흐마의 일곱 아들이 카일라스에서 수행을 하고 내려왔는데, 고행으로 인해 더워진 몸을 담글 곳이 없자, 브라흐마가 마음을 내어 거대한 호수를 만들었다고 한다. 그런 연유로 힌두교도들은 이 물에 목욕을 하거나 몸에 닿기만 해도 브라흐마의 천국에 들어갈 수 있다고 믿으며, 이 물을 마시면 모든 생의 죄가 사해진 채 시바신의 집에 들어갈 수 있다고 생각한다. 힌두교도들이 가장 숭배하는 최고의 성지에 걸맞게, 그들은 물에 들어가고 물을 마시고 찬양하고 소리치고 기도하고 행복에 겨워한다.

불교에서 전해지는 이야기는 붓다의 어머니인 마야 부인이 마나사로바에서 목욕을 한 후 붓다를 잉태했다고 전해진다.

자이나교도 인도의 성자 마하트마 간디의 유해를 마나사로바에 뿌려 달라는 유언에 따라 그의 유해 일부가 호수에 뿌려졌다고 한다.

* * *

나는 2016년 5월에 카일라스와 마나사로바 순례를 다녀왔다.

다녀와서 원고를 정리하기는 했으나 마무리를 못하고 계속 미루기만 했다. 내 딴에는, 여행기든 순례기든 다녀와서 너무 빨리 정리하면 싱싱하기는 하지만 너무 날것이라 깊은 맛이 없다고, 좀 숙성을 시킨 후에 내는 것이 좋겠다 싶었다. 그런데 이런 저런 이유로 너무 많은 날들이 지나고 말았다.

실은, 마무리는 지어야 하지만 그러려면 하는 수 없이 기범이 이야기를 해야 하기 때문에 못하고 있었다. 나는 기범이 이야기를 하고 싶지 않았다. 그를 이야기하면 아직도 가슴이 먹먹해지기 때문이다. 어쩌면 나의 숨이 다할 때까지 그러할 테지만.

하지만 그때 카일라스를 찾은 목적이, 그를 그곳에서 회향(迴向)하겠다는 마음이 많은 부분을 차지했고, 실제 그 의식을 하고 돌아왔다. 그렇게 회향을 했다고는 하나 그로부터 완전 자유로울 수 없는 나는 자꾸 피하고만 싶었다. 그렇게 피하려고 하니 글을 쓸 수가 없었다. 그의 이야기를 빼고는 순례기가 안 되겠기 때문이었다.

그리고 또 하나. 나는 한 번 더 카일라스와 마나사로바를 만나고 싶었다. 꼭 다시 오겠다고 약속도 했지만, 나는 정말 다시 가고 싶었다. 중국 정부가 더 '개발'하기 전에, 중국 정부가 더 망쳐놓기 전에. 지나고보니 아쉬운 점이 많은 것이다. 지금 알고 있는 것을 그때도 알았더라면. 무엇보다 다시 그 기운을 느끼고 싶었다. 카일라스 북벽 아래서의 그 강한 기운을 다시 느끼고 싶고, 그 벅찬 길을 다시 걷고 싶었다.

다시 가면 아주 천천히 걸으리라. 울음을 참지 않으리라. 오체투지도 더 많이 하리라. 어머니 자궁인 마나사로바의 품을 더 많이 들락거리리라. 절벽 동굴 수행자를 위해 먹을 것을 동굴 아래 두고 오리라. 유목민의 집에 가서 그들과 단 며칠이라도 생활해보리라. 카일라스 북벽 아래서 기어이 하룻밤이라도 보내보리라. 가장 빛나던 혼자의 시간을 다시 한번 누려보리라…….
이런 마음이 계속 쌓여갔었다.

그렇게 마음만 먹고는 다시 가지는 못했다. 그 여러 사정 중에 가장 큰 것은 2018년부터 미국의 장거리 트레일인 PCT (Pacific Crest Trail)를 시작했기 때문이다. 그 때문에 카일라스로 가려던 계획이 뒤로 밀리고 말았다. 하지만 언젠가는 꼭 다시 갈 것이다. 가서 보고 느끼고 걷고 감사해 할 것이다.

그런 이유들로 마냥 묵혀질 뻔한 원고였는데, 출판사의 제의를 받고 보니 더이상 미루면 안 되겠다는 생각이 들었다. 순례 당시의 몇 가지 메모와 기억들을 정리하여 이렇게 세상에 내보낸다. 나로서는 이 책이 카일라스 산께 부치는 안부인사다. 부족한 책이나마 세상 빛을 보도록 손잡아준 마인드큐브 김인수 주간께 고마움을 전한다.

2022년 7월 남난희

차례

첫 대면

차가 뒤뚱뒤뚱 작은 고개를 넘는가 싶더니, 푸르르 하며 거친 숨을 내쉬고는 갑자기 턱 멈추었다. 차 주위로 뿌옇게 먼지가 일었다. 나는 이미 그 몇 시간 전부터 내 앞에 펼쳐질 풍경을 상상하며 좌불안석인 상태였다. 제대로 숨도 쉬어지지 않아 자꾸만 큰 숨을 내쉬고는 했다. 가이드는 혹시 고소증인가 하는 염려어린 눈길로 나를 돌아보곤 했었다.

그동안 내가 익혀온 감각으로는 여기쯤 나타났어야 하는데, 여기쯤인데, 그렇게 안달복달하며 기다리던 바로 그 순간이 온 것이었다. 바로 스와스티카, 일명 만(卍)자 언덕에 도착한 순간이었다.

차 문을 열고 땅에 내려서자 눈을 이리저리 돌릴 것도 없이 저기 저 멀리 하얀 삼각뿔 모양의 봉우리가 나의 시선을 확 끌어당겼다. 사진으로만 보던 카일라스, 바로 그 산이었다.

아!

그 님이 그곳에 있었다.

털썩, 나도 모르게 온몸이 그를 향해 무너져내렸다. 저절로 오체투지였다. 자잘한 먼지들과 약간 메케한 냄새가 코로 들어왔다. 한 번, 두 번, 세 번…… 아니 몇 번인지를 모르겠는데 마음이 먹먹해지면서 눈물이 나기 시작했다. 당황한 나는 웬 눈물인가 싶어서 눈물을 도로 집어넣으려고 코를 훌쩍여보았지만 소용이 없었다.

눈물은 급기야 울먹임, 흐느낌, 울음, 통곡으로 이어졌다. 울음이 건잡을 수 없이 온몸을 관통해서 밖으로 나오는데, 그것은 나의 몫이 아닌 듯, 내 통제를 벗어난 그런 울음이었다.

이유? 이유는 없었다. 정말 그곳에서 울 이유는 없는 것이다. 생판 처음 만나는 그곳은 그동안 자료로 보아온 카일라스(강린포체)가, 마나사로바(마팜융초)가 처음 보이는 고개라는 것뿐이다.

굳이 이유를 대라고 하면 그래, 카일라스가, 마나사로바가 내 눈앞에 문득 나타나서일까?

아니, 그것만으로는 부족하다. 그냥 그럴 수밖에 없었다.

얼마나 몸을 땅으로 내던졌다가 다시 일어났는지 모른다. 그리고 얼마나 많이 울었는지 모른다. 그렇게 나는 카일라스를 만난 나만의 의식을 치렀다.

통곡이 잦아들면서 다시 현실로 돌아오는데, 나의 일행들과 운전자, 가이드는 모두 약간씩 떨어져서 딴청들을 피우고 있었다. 그들로서는 나의 반응이 의아했을 터다. 그들은 내가 어쩌지 못하는, 울 수밖에 없는 어떤 사정 때문에 그러리라는 것을 이해하는 듯했고, 다들 알겠다는 표정으로, 혹은 나를 위로해야 할 것 같은 표정으로, 나를 보거나 또는 고개를 돌리거나 했다.

뭐, 아무려나 상관없다. 약간 멋쩍고 민망한 것 말고는 말이다. 실은 나도 내가 왜 그랬는지 모르겠는데, 나 아닌 다른 사람이 어찌 알겠는가? 단지 내 몸이, 내 감정이 그렇게 시킨 것뿐이다. 정말 특별한 이유는 없다.

아니, 있다. 내 앞에 망망대해 같은 마나사로바가 펼쳐져 있고, 저기 내 눈앞에 카일라스가 우뚝한 것이다. 단지 그것만이 이유인 것이다.

비 온 뒤의 산이 세수한 것처럼 맑아 보이듯이, 내 몸이 그런 것 같았다. 몸과 마음에 밝은 무엇이 지나간 것 같이 시원하고 맑아졌다. 가벼워졌다.

오래 생각하고, 오래 기다리고, 오래 준비하고, 그리고 멀고도 먼 길을 돌고 돌아 이제야 비로소 만난 것이다. 그렇지만 내 감정이 이러할 줄은 나도 미처 몰랐다. 어찌 알았겠는가? 나로서도 처음 겪는 일이었다. 그동안 내가 오르내렸던 수많은 산들에서 내 감정이 이렇게 요동을 겪은 적은 단연코 한 번도 없었다.

물론 그 어느 산도 내게는 똑같은 무게의 산이다. 어떤 산도 내게는 소중한 산이다. 산은 내게 신이다. 그래서 신을 섬기듯 산을 섬긴다. 산은 나의 종교인 것이다. 그 산이 백두대간이든 히말라야든 지리산이든 내가 매일 가는 불일폭포든, 나는 평소 그런 마음으로 산을 만나고, 산을 숭앙한다.

물론 내게 카일라스는 다른 산과는 많이 다르게 다가왔다. 그럴 수밖에 없는 것이, 그동안의 산은 어찌 되었든 오르고 내려오는 산이었는데, 카일라스는 올라가고 내려오는 산이 아니라 오로지 올려다보며 산돌이를 해야 하는 산인 것이다. 오로지 올려다보며 순례를 해야 하는 산인 것이다. 산을 어깨 너머 저만큼 두고 마음을 다해 기도하고 감사해하며 걷는 산인 것이다. 그 우러르며 순례할 대상을 사진이 아닌 육안으로 직접 대면한 것이다. 그동안 얼마나 보고 싶었던, 또는 만나고 싶었던 나의 대상인가?

멀기는 하지만 단연 우뚝하고 찬란하고 영롱한 모습으로 뭇중생 중 일부인 나를 내려다보시는데 어찌 감동하지 않겠는가? 오로지 감사할 뿐이며, 오로지 감동의 눈물뿐이었다. 그때는 아직 정식으로 만난 것도 아니고 단지 눈으로만 만났는데도 말이다. '부름에 감사합니다, 나를 불러주셔서 감사합니다' 하는 생각만 온 마음에 가득했던 것이다.

얼마나 시간이 지났을까?

비로소 정신을 차리고 주변을 둘러본다. 바로 눈앞에 수많은 오색의 타르초[불경 구절을 적은 다섯 색깔의 천조각을 이어붙인 것—편집자 주] 무더기가 바람에 펄럭이고 있다. 저 오래되어 빛바랜 천

바로 눈앞에 오색의 타르초들이 바람에 펄럭이고 있다. 저 오래 되어 빛바랜 천조각들은 저 자리에서 얼마나 오래 카일라스를 향하고 마나사로바를 바라보며 그 성스러운 소식을 바람에 실어 다른 세상으로 보냈을까?

조각들은 저 자리에서 얼마나 오래 카일라스를 향하고 마나사로바를 바라보며 그 성스러운 소식을 바람에 실어 다른 세상으로 보냈을까?

무수한 글귀가 새겨진 그 오색의 천조각들은 겹겹이 쌓여 바람에 펄럭이거나 땅에 떨어져 있었다. 빛이 바래어 글씨를 알아볼 수 없는 것도 많았다. 이제는 경전 말씀을 다 전한 것일까? 세월과 바람과 함께 보낸 그 경전의 천조각들은 바깥의 것일수록 색깔이 선명했다. 아주 최근, 어쩌면 오늘 달아둔 것일지도 모른다. 오색을 선명히 간직한 오늘의 타르초는 한동안 그곳에서 성스러운 말씀을 바람에 실어보낼 것이다.

그 풍경 또한 장관이 아닐 수 없다. 성스럽고 보석 같은 산이 우뚝하고, 그 옆을 바다 같은 호수가 쪽빛으로 풍경을 장식하고 있는 데야, 무슨 말이 더 필요하겠는가.

그 와중에 보이는 것은, 땅은 건조해서 바람이 불 때마다 먼지를 일으키고 있고, 주변에는 자본의 산물인 비닐 쓰레기들도 함께 날아다녔다. 모래에 묻힌 쓰레기도 많았다.

이곳 만자 언덕에서는 눈길을 어디에 두어도 그냥 시원하게 확 트여 있어서, 마냥 자유롭다. 시야 가득 들어오는 하늘은 맑은 청록에 하얀 구름이 뭉게뭉게 천천히 움직이고, 주변의 구릉에는 구름의 그림자가 얼룩소의 그것처럼 무늬를 만들고 있었다. 망망대해 같은 호수 저쪽에 하얀 눈을 잔뜩 인 설산이 빛을 뿜어내고 있었다. 카일라스와 깊은 관계가 있는 다섯 선녀의 전설을 지닌 구를라만다타(7,694미터) 봉일 터였다.

아직 순례 시즌이 아닌 탓일까? 황량한 시멘트 포장 찻길(이제는 카일라스 가는 길은 모두 포장된 길이다) 위에는 우리가 타고 온 차만 있었고, 현지인 두어 명이 호기심 가득한 눈으로 나를 관찰하고 있었다.

자료에는 그곳이 오체투지를 하는 현지인으로 붐빈다고 나와 있었는데, 막상 와보니 오체투지 하는 사람은 볼 수 없었고, 생각했던 것보다 조용했다. 오로지 바람만 불고 있을 뿐이다. 그리고 약간 떨어진 곳에 시멘트 건물이 생뚱맞게 회색으로 멀뚱히 서 있었다.

그곳은 마나사로바의 관문으로, 마나사로바를 순례하려면 그곳에서 비용을 내고 허가를 받아야 한다고 했다. 우리는 카일라스를 순례하기 전에 마나사로바를 먼저 순례하기로 계획을 가지고 있었기에, 그곳에서 허가를 받아와야 했다. 그 사이에 나는 다시 한번 감사한 마음으로 카일라스를, 그리고 마나사로바를 바라보며 마음을 다졌다.

나 자신이 부디 자비롭기를.

그리고 마나사로바와 카일라스께서 부디 나를 받아주시기를.

그렇게 나는 마나사로바와 카일라스를 처음 만났다.

드디어, 비로소 내가 여기 왔구나. 드디어, 비로소 내가 만났구나.

감격이다. 오로지 감격뿐이다.

나는 어쩔 줄 몰랐다. 어찌할 바를 몰라서 안절부절이다. 빨리 우주의 자궁인 어머니 마나사로바와 우주의 중심인 카일라스와 함께 있고 싶은 마음뿐이다. 다른 그 무엇도 내 마음에는 없다.

마나사로바 순례, 첫째 날

우리 숙소는 호르라는 곳에 있었다. 마나사로바 순례 시작 지점에서 약간 떨어진 곳에 있는 작은 마을이었다. 마나사로바 순례객이 많이 없어서인지, 그동안의 숙소와 비교할 수 없을 정도로 지저분했다. 들어가 자기가 꺼려질 만큼 허술하고, 화장실도 없었다. 그 주변에 공사중인 곳이 많은 듯, 현지 인부들이 끼리끼리 모여 앉아 술 마시고 담배 피우고 사람을 흘깃거렸다.

라사를 지나 이곳까지 오면서 보니, 마을이 있는 곳마다 공사가 진행되고 있었다. 주로 여행자를 위한 숙소를 짓는 듯했다. 건축 자재는 자연 소재가 아닌 주로 시멘트로, 대부분 엉성해 보였다. 아마 이곳 성지를 관광지화해서 중국 관광객들을 끌어들일 심산인 모양이었다. 그런 관계로 동네마다 건설 인부들이 많은 것 같았다.

이 동네에는 숙소가 많지 않았다. 자연히 우리가 간 숙소에 현지 노동자가 많이 몰린 것 같았다. 다른 숙소로 옮겨본들 사정은 별로 다르지 않을 것 같았다.

아무리 허술해 보이고 마음에 들지 않아도 하룻밤인데 뭐 못 견디겠는가 하는 마음으로 그 숙소에 짐을 풀었다. 내일부터는 어머니 호수 마나사로바 품에서 야영을 하기로 한 것을 위안 삼으며 길고도 짧은 밤을 보냈다.

이곳 또한 중국의 표준시 정책으로 인해 북경 시간과 동일한 표준시가 적용된다. 그러다보니 밤 9시가 지나도 어두워지기는 커녕 낮처럼 환하기만 하다.

고도가 높은 곳이라 고소 적응을 위해서 물을 많이 마시라는 방침 때문에 붕어처럼 물을 마신 우리는 밤에도 몇 번씩 소변을 봐야 했는데, 화장실이 없는 숙소에서는 도리가 없었다. 참을 만큼 참다가 밖으로 나가려고 홀을 지나면 현지인들이 노골적인 시선으로 힐끔거리고, 밖으로 나가 일을 볼라치면 말만 한 개들이 어찌 알고 슬금슬금 다가왔다. 그렇잖아도 별로 좋아하지도 않고 무서워하기까지 하는 짐승이 이 낯선 땅 으슥한 곳에서 볼일 보는 데 다가오는 건, 나에겐 거의 공포였다. 아이고, 무서워라, 줄행랑을 치듯 방에 들어와서는 다시는 나가고 싶지 않아서 휴지통에 비닐을 씌워서 임시방편 소변기를 만들어 사용했다.

그렇게 자다 깨다 하며 긴긴밤을 보내고 순례의 아침을 맞았다. 몸과 마음을 단장하고 길을 떠난다.

가까이서 본 호수는 정말 엄청난 크기였다. 호수라기보다 바다라고 해야 맞을 것 같을 정도였다. 해발고도 4,582미터에 이런 거대 호수가 있다니 놀라울 뿐이었다. 지구상에서 가장 높은 곳에 위치한 담수호라고 한다. 둘레가 약 110여 킬로미터라고 하니 상상이 가지 않을 정도의 호수이지만, 넓은 만큼 시야는 시원할 수밖에 없는 것이었다. 그런 호수 주변을 따라 걸을 수 있다는 것 자체가 축복 같은 일이라는 생각이다.

하지만 모든 순례의 길이 그렇듯, 쉽지는 않았다. 장애물은 곳곳에 있었다. 중국의 정책인지 모르겠으나, 곳곳에 길을 막고 검문을 하고 있는 앳된 군인들의 표정이 가관이다. 무엇 하러 돈과 시간을 들여가며 이런 곳엘 왔는지 한심하다, 이런 표정이 역력하다.

그들이 어찌 알겠는가? 우리가 이 성스러운 곳을 찾아올 수밖에 없는 이유를.

또 어찌 알겠는가? 이 산과 호수의 성스러움을.

그들은 오직 돈을 벌 목적으로 이곳에 와 있을 뿐이고, 빨리 돈을 벌어서 떠나고 싶은 마음뿐일 것이 분명하다.

뭐 그럴지라도 그들과 상관없이 나에게는 감동의 길인 것이다. 걷다가 머리를 들면 그 자리에서 나를 내려다보는 저 카일라스! 보고 또 봐도 또 보고 싶은 그 모습이 아닌가? 마나사로바와 한 풍경으로, 한눈에 두 성지를 한꺼번에 볼 수 있다는 것만으로 당연 축복일 수밖에 없다.

바닥에는 야생 짐승의 발자국들이 수도 없이 찍혀 있고, 말똥구리가 한 것처럼 동그랗게 뭉쳐진 마른 풀들은 누구의 작품인지? 이곳에도 말똥구리가 있을까? 우리가 봐온 것보다 조금 크기는 하다. 잔모래에 구멍이 뽕뽕 뚫려 있는 곳도 있다. 게 구멍인가? 그 외에 늪길, 자갈길, 모랫길, 발이 푹푹 빠지는 진흙길, 뾰족한 작은 풀들이 자라는 길, 땅꽃이 깔려 있는 길, 가시밭길…… 4,582미터 높이에서 이런 길을 걸을 수 있다니. 길들의 종합선물 세트 같다. 기분은 한없이 개운하고 정신이 맑아지는 것을 느낀다. 내가 이 길을 걷고 있다는 것이 현실이 아닌 듯하다. 오로지 감동, 감격, 감사, 그 자체다.

이제는 호수 주변으로 완전히 찻길이 나 있었다. 언제부터인지는 모르겠다. 그동안 내가 본 자료 어디에도 마나사로바 주변에 찻길이 있다는 것을 본 적이 없었는데. 어쩌면 최근에 생겼을 수도 있겠다. 이제 중국 정부는 이 성스러운 호수 주변에 찻길을 만들어서 편안하게 차 안에서 관광이나 하라고 관광객을 불러들일 심산인 모양이다. 성지를 관광지로 들쑤셔놓다니, 정말 소름 돋는 일이 아닐 수 없다.

물론 아직은 찻길이 포장도 되지 않았고, 알려지지 않아서 그런지 차량 통행이 많지는 않다. 아주 가끔, 아마 인도 힌두교도들의 차량이라고 생각되는 괴물이 먼지구름을 일으키며 지나가곤 했다.

나는 가능하면 호수 물가에 바싹 붙어서 걷기를 원했고, 실제로 그렇게 하면서 무수한 생명체의 움직임과 자국들을 만나고 헤어지고를 거듭했다. 어디쯤에서 비로소 네 명의 티베트 순례자를 만났다. 남자 한 명과 중년 여인 두 명, 그리고 소녀 한 명이었다. 별 짐도 없이 가볍게 웃고, 떠들기도 하고, 경전을 중얼거리기도 하고 높은 음색의 노래를 합창하기도 하며 나와 앞서거니 뒤서거니 하면서 걸었다. 나와 만나면 눈으로 인사를 주고받고, 엄지를 세워 서로를 위로하고, 가끔은 손짓 몸짓으로 대화도 했다.

그 몸짓 대화의 결과로 내가 이해한 바로는, 그들은 이틀 동안 호수를 돌 예정이었다. 그들은 마나사로바를 순례하기 위해 이곳을 걷고 있고, 그날은 '튜르고 곰파'에서 하룻밤 묵어간다고 했다('곰파'는 티베트 불교 건축물로, '사원'을 말한다).

우리도 구를라만다타 봉(나이모나니 산, 7,694미터) 아래에 있는 그 곰파 주변에서 야영을 할 예정이라, 나는 일행이 보이지 않아도 다소 마음이 놓였다.

우리는 언제부터인지, 아니 처음 출발하면서부터 이미 '일행'이 아니었다. 각자 자기 방식대로, 자기 능력껏, 자기 깜냥대로, 오체투지를 하든, 걷든, 차를 타든, 모두 자율에 맡겼고, 그렇게 저녁에 야영지에서 만나기로 했기 때문에 나는 저절로 혼자가 되었다.

얼마나 옹골지게 행복한지 모르겠다. 그냥 무념무상의 시간도 행복했고, 카일라스를 바라보며 행복이 샘솟았고, 마나사로바와 하나가 되어 함께 숨 쉬는 것도 좋았다. 완벽한 합일이라고 할까?

가끔 산에서 혼자일 때 어느 순간 산과 합일되는 걸 느끼곤 했었는데, 이 우주의 어머니 마나사로바와도 합일이 되는 것을 느낀다. 그냥 이 길을 하염없이 걷고만 싶다. 가장 빛나는 혼자의 시간. 먹지도 자지도 말고 그 어느 누구도 만나지 않고 그냥 지금처럼 그냥 영원히 걷고만 싶다.

앞서거니 뒤서거니 하는 티베트인 여인들은 걸으면서 반짝이는 작은 돌이라기에는 너무 작고 모래라기에는 약간 큰 돌들을 주워 병에 담곤 했다. 뭐냐고, 어디에 쓸 물건이냐고, 왜 그러냐고 묻지만, 말이 통하지 않아 한동안 병만 쳐다보다가 함께 웃고 만다. 아마 사람의 옷이나 머리 장식 또는 야크의 장식으로 쓰일 일종의 장식품 정도가 아닐까 싶다. 병은 시간이 갈수록 묵직해 보였다.

그들도 찻길로 가지 않고 호숫가로 가는데, 자세히 봐야 보이는 그들만의 희미한 길이 있었다. 처음에는 나는 그것도 모르고 물 옆으로만 걷느라 애태웠는데, 그 길을 알고부터는 조금 수월하게 걸을 수 있었다.

대부분의 순례객들은 찻길을 따라 큰길로 순례를 하는 듯하고 그 길이 더 쉬울 수는 있겠으나, 나는 어쩔 수 없는 경우를 빼고는 호수와 멀어지고 싶지가 않았다. 가능하면 호수를 내 오른쪽 가장 가까운 곳에 두고 그를 느끼고 싶었고, 그의 소리를 듣고 싶었고, 그의 냄새를 맡고 싶었다. 그의 움직임을 가까이서 보고 싶었고, 그의 속삭임을 듣고 싶었다. 그와 함께 숨 쉬고 싶었다.

한동안 가다가 세라룽 곰파에 도착했다. 호수 코라[순례길] 중 첫 번째 곰파였다. 곰파는 아담하고 소박했다. 천천히 둘러보고 마니차도 돌리다보니, 티베트 불교 공부를 더 하고 왔어야 했는데 하는 아쉬움이 생겼다. 아는 만큼 보인다고, 까막눈으로 만나는 그곳의 모든 것이 나를 답답하게 만들었다.

한동안 곰파 주변을 돌다가 입구에 찻집이 있어 다리도 쉬고 목도 축일 겸 들어갔다. 먼저 도착해 있던 티베트 순례객이 반가이 맞아주며 내게 대단하다고 두 손을 치켜세워주며 웃음을 보낸다. 그들의 웃음은 햇살처럼 밝다. 그들이 나를 그들과 같은 순례자로 인정해주는 것 같아 기분이 좋았다. 말은 통하지 않았지만, 서로 쳐다보면서 웃는 것만으로도 우리는 충분했다.

그들이 먼저 떠나고, 나도 차 한 잔 하고 계산을 하려 했는데 주인 내외가 서로 눈빛으로 상의하더니 찻값을 받지 않겠다고 했다. 보아하니 조금 전에 나간 티베트 순례객에게도 찻값을 받지 않는 것 같았는데, 아마 순례객에게는 찻값을 받지 않는 모양이었다.

그럴지라도 외국인인 내게까지 그렇게 베푸니 나도 순례자로 인정을 받는 것 같아 슬며시 우쭐해졌다. 기분이 아주 그만이었다. 정말 순례자가 된 것 같아 몹시 기분이 좋아졌다. 찻값이 문제가 아니라 그들의 마음이 너무 고마웠기 때문이다. 다탁에 슬며시 찻값을 두고 나와서 걸으며 아주 마음이 행복해져서 발걸음마다 '옴마니반메훔'을 읊조린다.

이제 카일라스에는 아주 조금씩 오른쪽으로 자리를 옮기며 걷는 길이다. 바로 왼쪽으로 손을 뻗으면 곧 닿을 듯한 산이 흰빛을 발하며 어서 오라고 손짓한다. 티베트에서 세 번째로 높은 아름다운 구름라만다타 봉이다. 오늘은 그 산 아래 튜르고 곰파 옆 호숫가에서 첫 번째 야영을 할 것이다.

해발 4,582미터에서 오른쪽 옆에 바다 같은 호수를 두고, 눈만 들면 딱 마주치는 수정 같은 산을 두고, 또 왼쪽에는 아름답고도 평안해 보이는 또 다른 설산 구를라만다타 봉을 보며 걷는 걸음은 한 걸음 한 걸음이 모두 축복이다. 바로 이런 걸 가리켜 축복이라고 하는 거다. 이 축복을 모든 사람들과 함께 나눌 수만 있다면 좋겠다는 생각이 들었다.

카일라스를 정면에 두고 호숫가에는 크고 작은 돌무더기가 무더기로 쌓여 있다. 크게 단 한 글자로 ‘ॐ”(옴)이라고 적거나 또는 ‘ॐमणपिद्ँ”(옴마니반메훔)이라고 적은 것이 대부분이고, 그 밖의 돌들도 작은 글씨의 경전 글귀를 적은 것들이다. 모든 돌들은 카일라스를 향하도록 배치되어 있다. 카일라스를 우러러 경배하는 모양으로 놓아둔 것이다.

돌의 모양이나 색, 새겨진 글자들은 모두 그 자체만으로도 훌륭한 예술 작품이었다. 모든 돌들의 경건함에 저절로 합장을 하게 되었다. 그것을 보는 것만으로 저절로 신심이 생긴다.

나도 그곳에서 그 돌이고 싶었다. 온몸에 완전한 글자인 ‘ॐ’(옴) 아니면 ‘ॐमणपिद्ँ’(옴마니반메훔), 또는 그밖의 긴 글귀를 새기고 저 찬란하게 빛나는 성스러운 산 카일라스를 언제나 우러러 쳐다보며 경배하고 싶었다. 성스러운 호수 마나사로바의 물소리를 밤낮으로 듣고 싶었다. 그럴 수만 있다면 이곳에 텐트를 치고 야영을 하며 한철을 나고 싶은 마음이 간절하다.

그래도 이것만으로도 어딘가? 지금 이 순간 나는 이 곳에서 숨을 쉬고 보고 느끼고 있는 것이다. 감동하고 있는 것이다. 고맙고 고마운 일이다. 그 돌 경전들에게 부러운 마음만 남겨두고 다시 길을 나선다.

호수에 물을 마시러 온 것일까, 야생 야크 무리가 호수 주변에서 풀도 뜯어 먹고 물도 마시고 있다. 그들의 하염없는 느긋함에 나도 함께 느긋해져서 배낭을 내려놓고 앉아서 그들을 바라보며 시간을 보낸다. 저렇게 큰 덩치에 저토록 순한 눈빛이라니. 풀도, 나뭇잎도 귀한 이 높은 곳에서 무엇으로 저 체력을 유지할까? 저 품위 있고 의연한 모습은 어디에서 오는 걸까? 조급함이라고는 찾아볼 수 없는 저 여유로운 모습이라니, 경이롭기까지 하다. 한동안 그들과 시간을 보낸다.

나는 전생에 티베트 고원의 야크였을까? 아니 누군가 나를 히말라야 눈 표범이라고 했는데? 전생에 눈 표범이건 야크건 괜

호수에 물을 마시러 온 것일까, 야생 야크 무리가 호수 주변에서 풀도 뜯어 먹고 물도 마시고 있다. 그들의 하염없는 느긋함에 나도 함께 느긋해져서 배낭을 내려놓고 앉아서 그들을 바라보며 시간을 보낸다. 저렇게 큰 덩치에 저토록 순한 눈빛이라니. 조급함이라고는 찾아볼 수 없는 저 여유로운 모습이라니. 경이롭기까지 하다.

찾았을 것 같다. 이제 그들도 제 갈길 가고, 정신 차린 나도 내 길을 간다.

어디쯤이었을까? 호수 안에, 호수 가운데 사람이 있었다. 그것도 발가벗은 채로. 가만히 보니 아까 만난 티베트 순례객 중 두 중년 여성이 성스러운 어머니 품에 들어가서 즐거워하고 있었다. 온몸으로 성수(聖水)와 만나고 있는 것이다. 얼마나 행복하겠는가? 어쩌면 생애 최고의 순간일지도 모른다.

일행 중 유일한 남성은 자리를 피해주기 위해선지 어디론지 가버렸고, 처녀로 보이는 여성은 수줍음 때문인지, 그냥 물가에서 웃으며 앉아 있었다.

아! 저럴 수도 있겠구나. 저렇게 온몸으로 우주의 어머니를 만나는 방법도 있구나. 순간 나는 깨달았다. 나도 그래야겠구나. 좋아라. 그 생각이 드는 순간 즉시 그들과 조금 떨어진 곳에서 나도 옷을 훌훌 벗고 어머니 품속으로 풍덩 스며들었다.

물은 생각보다 차지 않았고, 온몸을 열고 들어간 나를 아무 걸림 없이 받아주었다. 나는 마냥 행복했다. 나는 행복해서 어쩔 줄을 모르고 호수 안으로 더 안으로 들어갔다.

어디나 그렇듯이 물가에는 물이 얕다가 안으로 들어갈수록 점점 더 깊어졌다. 물밑 바닥은 오랜 세월에 약간 딱딱하게 굳은 것 같은 느낌이다. 그래서 그런지 약간 미끄럽고, 가끔 작은 돌들이 박혀 있어서 내 발을 살짝 자극한다.

편안한 느낌이다. 꼭 어머니 양수에 들어와 있는 느낌이랄까. 물빛은 멀리서 봤을 때는 연한 쪽빛이지만 깊이 들어갈수록 짙은 푸른색이다. 하지만 내가 몸 담겨 있는 곳은 그냥 투명이다. 오로지 투명할 뿐이다.

이 성스러운 어머니 품에 들어왔으니 어머니 물맛도 봐야 하지 않겠는가. 손을 오그리고 물을 떠서 조금 입에 머금어본다. 그리고 천천히 아주 조금 삼켜본다. 약간의 짠맛이 느껴지는 것 같다. 그리고 약간의 비린내, 그리고 흙내, 온갖 것을 다 받아 안은 만큼의 내음. 뭐 어머니 내음이라고 해둘까?

내게 이런 영광이 오다니, 우주의 어머니 품 안에서 우주의 어머니 물을 마실 수 있다니. 감사합니다, 오로지 감사합니다 하는 마음이었다.

세상에서 가장 높은 담호이자 성호(聖湖)인 마나사로바에서 원초적인 몸으로 그 누구의 방해도 없이, 그 누구의 호기심 어린 눈도 없이, 이렇게 완벽한 행복을 누릴 수 있구나.

다시 태어난 느낌이라고 해도 되겠다. 온몸이 날아올라갈 것 같다. 이런 느낌은 처음이다.

다시 세속의 옷을 입고 싶지 않지만 발가벗고 호수에서 살 수는 없는 노릇. 주섬주섬 자본 세상의 껍질을 몸에 감는다. 저기 조금 떨어진 곳에서는 티베트 여인들이 물가로 나와서 긴, 아주 긴 자신의 머리카락을 펼쳐서 말리고 있다. 그것도 한 풍경이다. 그들과 달리 삭발을 한 나는 조금 홀가분하게 다시 길을 나선다. 참 축복받은 시간이다.

저녁때로 접어들면서 바람이 일기 시작하더니 점점 더 강도를 높이고 있어 이제 호수는 파도와 함께 온갖 소리로 요란해진다. 빠른 걸음으로 야영지에 도착한다. 아무리 축복의 길이고 영광의 길일지라도, 첫날 4,582미터 고지에서 30여 킬로미터는 무리였는지 조금 힘들기는 했다. 내가 이 정도이니 나와 다른 길을 걸어온 일행들은 더했을 것이다. 아닌게 아니라 다들 몹시 힘들어했다.

첫 야영이라 모든 것이 미숙했는데 바람까지 심하게 불어대니 텐트 치기가 여간 힘든 게 아니었다. 그때 언제 나타났는지 아까 그 티베트 순례객들이 함께 텐트를 치는 것을 도와준다. 아무 망설임 없이 아무 스스럼없이. 너무나 당연하다는 듯이, 그냥 일상처럼.

그 와중에 젊은 처자는 많이 힘들어하며 다리를 절뚝대며 걸어왔지만 자기의 힘든 것은 아무것도 아니라는 듯 함께 일손을 보탰고, 그들 덕분에 텐트는 금세 자리를 잡아 우리의 잠자리가 완성되었다. 그리고 그들은 튜르고 곰파로 가고, 우리는 각자의 텐트에서 짐정리 하고, 식당 텐트에 모여서 밥하고 된장국을 끓여 시장기를 달랜다. 아주 꿀맛이다.

실은 호숫가로만 걷느라 일행과 함께 할 수 없어서 점심을 놓쳤기 때문에 나는 몹시 시장했었다.

철썩철썩 파도치는 소리뿐, 완벽한 적막이다. 불빛 또한 없다. 완벽한 어둠이다. 시골에 살아도 이런 어둠은 만날 길이 없다. 그런 완벽한 적막, 완벽한 어둠이라니 참 멋진 밤이다.

별을 봐야 하는데, 마나사로바 위에 떠 있는 별을 봐야 하는데, 하다가 중국의 시간은 한밤중인데 실제는 초저녁인 이곳은 별이 언제 뜰지 알 수 없었다. 기다리기에는 별은 너무 늦게 뜨고, 나는 너무 피곤해서 그냥 잠들었다. 아주 편안한 밤이었다.

마나사로바 순례, 둘째 날

밤새 호수는 웅얼거렸고 파도는 철썩였다. 보초처럼 우리 텐트 주변을 어슬렁거리며 떠나지 않고 밤을 새워준 개가 꼭 우리의 일행인 양 우리와 함께했다.

라사를 떠난 이후 차로만 달려온 데다 허름한 숙소에서 밤을 보낸 후라 그런지, 모처럼의 야영은 쾌적하고 행복했다. 온몸을 마나사로바에 밀착하여 보낸 밤인 것이다.

일출과 더불어 바람도 잦아들었다. 아주 고요한 아침이었다. 호수의 물결도 잠잠해졌다. 언제 파도를 쳤느냐는 듯, 수면은 마냥 잔잔하게 하늘을 담아내고 있었다.

지척에서 구를라만다타 봉이 내려다보고 있었고, 호숫가 우리의 야영지 바로 옆에 튜르고 곰파가 있었다. 그 주변에 오색 타르초가 한 풍경으로 들어온다. 참 고요하고 평화롭고 밝다. 티베트 고원 호숫가에 와 있다는 것에 만족하며 행복하다. 멋지고도 기분 좋은 아침이다.

우리 일행 모두—특히 가이드—는 아직 몸에 배지 않아 익숙하지 않은 야영 생활로 인해 출발이 늦어졌다. 그 바람에 어제의 티베트 순례객은 다시 만날 수 없었다. 아마 그들은 아침 일찍 길을 떠났을 것이다.

단지 모래 위에 발자국만 희미하게 남겨져 있어 그 발자국을 따라 다시 호숫가를 걷기 시작했다.

아침까지만 해도 고개만 들면 보였던 카일라스는 이제 앞 능선 뒤로 숨어버렸다. 그러나 아쉽거나 조급하지는 않다. 안 보인다고 뭐 대수인가? 항상 그 자리에 있으며 나를 기다리는데, 아니 저 모퉁이만 돌면 또 나타날 텐데. 나는 이제 안달하지 않는다.

이제 호수는 어제와는 다른 모습이고, 호숫가의 모든 것도 변했다. 물가에 밀려온, 한때 생명이었을 뭔지 모를 바다 생물 같은 수초(水草)들이 있고, 크고 작은 물새들이 자주 보인다. 늪지대도 있지만, 모래 지대나 자갈 지대도 있고, 사막처럼 작은 생명체를 키우는 곳도 지난다. 솜다리 같은 땅꽃이 가득 피어 있는 곳도 지난다. 가끔 아주 큰 물고기가 물 위로 솟구친다. 이제 호수는 검푸른 빛이다.

인적이 없는 곳에서 야생 당나귀 떼를 만난다. 배를 다 채운 것인지, 아니면 먹을 것이 없어서인지, 그냥 우두커니 서 있다. 먼 눈길로 하염없이 호수를 바라보고 있다. 어쩌면 아무것도 보고 있지 않은지도 모른다. 그들은 과연 무슨 생각을 하는가? 어쩌면 명상중인지도 모른다.

모래 위에 돌을 세 개 혹은 네 개로 고임돌을 만들어 불을 피운 흔적이 군데군데 보인다. 유목민이나 순례객이 끼니를 해결하거나 차를 마시기 위해 불을 피운 자리이리라. 연료라고는 호숫가로 떠내려온 풀이나 빈약한 나뭇가지, 그리고 양이나 야크의 똥 정도일 것이다.

불에 그을린 돌을 보니 떠오르는 분이 있다. 마나사로바와 카일라스를 순례한 첫 번째 한국인인 청전 스님이다. 1993년이라고 들었다. 그분은 달라이라마의 제자로 알려진 송광사 스님인데, 중국과 수교가 되자마자 인도 다람살라에서 육로로 파키스탄, 이슬라마바드, 그리고 카라코람 하이웨이를 완전 주파한 후 천산 북로의 길로 우루무치까지 가서 기차로 돈황을 거쳐 꺼얼무에서 청장 공로를 달려 라사에 도착한다. 그곳부터는 대중교통이 있으면 타고 없으면 걸었다. 수도 없이 히치하이크를 하며 검문소를 통과하며 쫑바라는 곳에서부터 본격적으로 걷기를 한다. 이정표도 없는 길을 때로는 노숙으로, 다행히도 유목민을 만나면 그들의 천막에서 그들의 극진한 대접을 받으며 그들을 축원도 해주고, 치료도 해주며 아주 천천히 성산으로 다가간다. 그곳에서 만나는 유목민들은 스님이라는 이유로, 성산 카일라스에 간다는 이유로, 무엇보다 스님이 지니고 간 달라이라마의 사진만으로, 그를 대하기를 마치 달라이라마를 섬기듯 했다고 한다.

스님은 열사흘을 걸어서 비로소 마나사로바 입구에 도착한다. 유목민을 만날 수 없는 날은 저렇게 돌로 삼발이를 만들어 불을 피우고 끼니를 해결했다는 것이다. 배불리 먹을거리도 없어 겨우 허기만 면할 정도의 음식으로 연명하며 성산으로 향했을 스님의 걸음. 그 걸음이 상상을 할 수 없을 정도로 숭고하게 느껴진다.

그렇게 나는 불에 그을린 자국의 돌들을 보며 청전 스님을 생각했다. 그 암흑한 시기에 걷고 걸어서 성호, 성산에 도착한 것이다. 진정한 순례인 것이다.

이제 호수의 각도가 많이 바뀌어, 나는 호수의 동쪽 한 지점을 걷고 있다.

그래서 오후에는 머리만 들면 다시 카일라스가 보인다. 점점 더 가까워지고 있다는 느낌이라, 마음은 한층 더 충만해진다. 그 무엇과도 비교할 수 없는 그 위대한 보석이라니. 그는 히말라야의 아버지이자 우주의 중심인 것이다.

그 어느 지점에서 비로소 마나사로바를 오체투지로 순례하는 순례자를 만났다. 찻길이 호수와 붙어 있어서 하는 수 없이 찻길로 걷고 있는데, 그를 만난 것이다.

그는 온몸이 먼지투성이였다. 그에게서 보이는 건 온통 먼지색뿐이었다. 머리도 얼굴도 옷도 손발도 모두 같은 먼지색이다. 이마에 찍힌 훈장은 흙과 만나며 생긴 굳은살로, 조금 더 진한 먼지색이다. 오로지 눈빛만 생기 있게 반짝인다. 아니, 먼지색이 아닌 게 또 있다. 치아가 하얗게 반짝인다. 그는 오체투지로 마나사로바를 돌고, 카일라스를 돌 거라고 했다. 벌써 호수만 이레째 오체투지로 돌고 있다는 것 같았다.

그를 지나 한참을 걷다 보니 그가 끼니를 어떻게 해결하는지 알 수 있었다. 오토바이였다. 역시 먼지색인 오토바이 한 대가 몇 가지의 짐들을 실은 채 세워져 있었다. 전에는 한 사람 혹은 혹은 몇 명이 순례길을 떠나면 짐을 지고는 오체투지를 할 수 없으니 짐을 옮겨주는 또다른 순례자가 있어야 했다. 가족이거나 친지이거나 도반이거나. 번갈아 가면서 하는 경우도 있고, 하나의 역할만 하는 경우도 있지만, 어느 쪽이나 힘들긴 마찬가지이고 공덕 또한 마찬가지일 터다. 이제 세월이 변해서 이런 방법으로, 즉 남의 도움 없이 순전히 혼자서 오체투지 순례를 하는 다른 방법이 생긴 것이다.

그가 마나사로바는 이런 식으로 혼자서 갈 수 있지만 카일라스 마지막 고개인 돌마라(5,670미터) 고개를 어떻게 넘을지는 모르겠다. 돌마라는 오토바이가 갈 수 없는 곳이니 말이다. 말이 통하지 않아서 어떻게 그 고개를 넘어야 하는지는 물어보지 못했다. 아마 내가 모르는 또다른 방법이 있을 것이다.

한사코 사양하는 그에게 간식과 얼마의 보시를 한다. 자벌레처럼 몸을 펼치고 오므리고를 반복하며 온몸으로 마나사로바를 만나는 그가 나는 부러웠다. 그 황홀한 먼지 길을 그 행복한 표정으로 엎드렸다 일어나기를 반복하는 그가 진정 부러웠다.

호수 주변의 세 번째 사원인 괴슬 곰파를 만났다.

잠시 쉬며 신발을 벗고 어머니 호수의 품속으로 들어가본다. 잔물결이 발을 간지른다. 나른한 느낌이 든다. 고지에서는 평지길도 그리 쉬운 길이 아닌 모양이다. 평소에 경사가 있는 산길을 주로 걷던 내 발은 평지는 익숙하지 않은 것 같다. 내 발은 평지길에서 휴식을 필요로 한다. 호수에 발을 들이는 순간 피로가 물러가고 있다는 것을 느낀다. 확실히 물은, 호수는, 치유의 힘이 있다.

내가 쉬고 있는 동안 우리가 진행하는 반대 방향에서 차 한 대가 먼지구름을 일으키며 와서는 잠시 머물다 떠났다. 승객들은 아마도 인도인들인 듯했다. 대부분의 순례객들은 치우 곰파에서 호수를 만나고 그들의 의식을 치르고 가지만, 이제는 찻길이 뚫렸으니 그곳에서 가까운 이 곰파까지 차로 와보고 돌아가는 모양이었다.

그들은 차에서 내려서 잠시 떠들고 사진 찍고 어쩌고 했지만 물에 들어가지는 않았다. 언제 왔나 싶게 그들은 금방 떠나버렸다. 다시 고요하다. 그들은 가고, 나도 이제 텅 빈 길을 다시 가야 한다.

다른 길이 없어 할수없이 찻길을 조금 걷는데, 주머니 하나가 길에 떨어져 있다. 열어보니 중국 돈이 그득하다. 언뜻 봐도 큰 돈, 잔돈, 제법 많다. 여행객 것이라기보다 가이드 것이었을지? 어쨌든 그 돈을 잃어버린 사람은 얼마나 막막할까? 찾아주어야 마땅하나 그들은 이미 떠나고 보이지도 않는다. 그들은 앞으로의 일정을 어떻게 하나? 몹시 걱정되었지만, 그때 내가 할 수 있는 일은 없었다. 한참 후에 만난 우리 팀 가이드에게 돈주머니를 건넸다. 가능하면 주인을 찾아주라고 간곡히 부탁했다. 그리고 나는 가던 길을 계속 갔다.

나중에 물어보니 그는 아무렇지도 않게 중국 공안에게 주인 찾아주라고 줬다고 한다. 과연 중국 공안이 주인을 찾아주었는지는 심히 의문이다. 그러나 이제 그것은 내 몫이 아니다. 주인이 그 돈을 찾아서 무사히 순례를 끝낼 수 있기를 바랄 뿐이다.

이날은 오후에 찻길을 피할 수 있는 길이 많지 않았고, 야영할 곳도 마땅치 않아서 치우 곰파 부근에서 야영하기로 하고 잠시 차로 이동했다.

치우 곰파 부근은 그동안의 길과는 비교할 수 없이 번잡했다. 카일라스 순례를 막 시작한 사람들, 혹은 순례를 이미 마친 사람들이 저마다 마나사로바를 찾아 감상하고 있었고, 힌두교도들은 최고의 성지를 만나 호숫물에 몸을 담그거나, 물을 찍어 이마에 바르거나, 혹은 마시거나, 물을 가져가기 위해서 몰려들었다. 나처럼 호수를 돌지 않는 대부분의 사람들은 이곳을 들러 호수를 감상하고, 마나사로바 순례라는 이름으로 나름의 무언가를 얻거나 느끼고 가는 곳인 듯했다. 실제로 그 어디보다 이곳에서 카일라스는 더 현실처럼 가까워 보였다.

그곳에서 본 카일라스와 마나사로바는 그냥 그 자체로, 그냥 그대로 한 세트인 것을 알겠다.

치우 곰파와 호수, 그리고 카일라스가 어우러지는 풍광 또한 기가 막혔다. 순례라는 이름을 붙이지 않더라도, 세상 어디에도 이만한 풍광은 다시 없을 것 같다는 생각이다.

호숫가로 내려가기 전의 동네는 숙박업소, 식당, 찻집, 기념품 가게, 술집 등의 간판들이 성지와는 어울리지 않게 많이도 보였다. 온천도 있다고 한다. 이른바 마나사로바 다운타운인 것이다.

불과 며칠 만인데도 그런 풍경이 낯설고 도무지 적응이 안 되었다. 비닐 쓰레기가 바람에 굴러다니고, 지저분한 개들이 어슬렁거리고 있다. 피할 수만 있다면 피하고 싶었다.

호숫가로 내려오니 몇 무리의 힌두 순례객들이 끼리끼리 모여서 떠들고 있고, 일부는 호수 안에 들어가 있다. 거의 옷을 벗고 몸에 연신 물을 끼얹는 사람도 있고, 옷을 입은 채로 옷 위로 물을 끼얹는 사람도 있었다.

무더기로 몰려서 기도를 하는 무리도 있고, 서로에게 축복을 주는 듯한 무리도 있었다. 어떤 이는 연신 사진을 찍고 있었고, 어떤 이는 더 성스러운 물을 길어야겠다는 의지로 호수 안으로 깊이 들어가기도 했다. 미처 그곳까지 들어가지 못하겠는 사람들은 물통을 건네며 부탁을 하기도 했다. 어지러운 풍경이다. 모두들 조금씩 흥분해 있다는 느낌이다. 왜 아니겠는가? 그들로서는 절대 성지에 온 것이다.

소란스러움을 피하고 싶지만 어쩌겠는가. 그들로서는 이곳 성지를 오기 위해 얼마나 소원하고 준비하고 이 먼 길을 왔겠는가. 그나마 선택된 사람만 올 수 있다는 곳이니, 얼마나 감동적이고 벅찬 환희겠는가. 진정한 성지를 만났으니 오죽 감동이겠는가.

예로부터 힌두교도들은 이 호숫물로 몸을 씻으면 극락에 이른다고 했고, 이 호수의 물을 마시면 시바 신의 대자 대천에 들어가 모든 생의 죄를 구원받는다고 믿는다. 어떤 이들은 마나사로바의 성수를 떠서 땅에 닿지 않게 보관했다가 인도로 가져간다는 말을 들은 기억도 난다. 얼마나 성스러운 물이라고 생각했으면 그리 할까? 고국에 돌아갔을 때 이 성수는 가장 귀한 선물이라고 한다.

인도의 힌두교도들은 카일라스와 마나사로바 순례가 일생일대의 최고의 소망이자 최고의 희망이고 최고의 영광이라고 한다. 그들은 옛날에는 히말라야를 걸어 넘어서 이곳 성지로 왔다고 한다. 그러다가 중국과 인도 국경 문제로 한동안 순례를 할 수 있는 길은 막혀버렸고, 아무리 오고 싶어도 올 수 없다가 몇 년 전부터 수교가 되었는지 길이 뚫렸지만 여전히 숫자를 제한하기 때문에 일 년에 올 수 있는 인원은 극소수에 불과하다고 한다.

이제 인도의 순례객들은 히말라야를 넘기는 하나 걸어서 넘지 않고 차로 이동한다고 하는데, 길이 워낙 먼 관계로 이곳까지 올 수 있는 순례객은 극소수라 한다. 실제 부자가 아니면 엄두를 낼 수도 없다고 한다.

실제로 그들이 타고 온 버스는 사람만 타고 트럭에 온갖 살림을 싣고 함께 온다고 한다. 이제는 숙소가 많이 생겨서 숙소 이용도 많이 하지만, 아직도 천막을 치고 밥해 먹으며 이동을 하는 사람도 많은 것 같다. 워낙 장기 여행이다 보니 살림이 이만저만이 아니다.

또한 그들의 차림새는 이 여행을 위해 장만했을 겨울옷들이 좀 과하다 싶게 두껍다. 어쩌면 그들로서는 평생 처음 만나는 그 모든 것일 수도 있겠다. 처음 만나는 성산과 성호는 물론 그만한 고도와 추위마저도 처음일지도 모르겠다. 모두 같은 단체복을 입고 있었고 몸들은 뚱뚱한 사람이 많았다. 인도 부자들이라는 것이다.

우리는 그들과 조금 떨어져서, 그러나 카일라스가 잘 보이는 약간 딱딱한 모래언덕에 텐트를 세운다. 어제와는 모래 촉감이 다르다. 약간의 소금기가 느껴진다. 실제로 모래에 염분인지 약간 흰빛의 띠가 있기는 하다. 작은 조개껍질도 눈에 띈다. 워낙 넓은 호수라 그 주변에서 자라는 생명들이 같을 수는 없나보다.

바다 새를 닮은 이름을 알 수 없는 새들이 땅에서만 걸어 다니기도 하고, 하얀, 아주 거대한 새들도 있다. 그들은 끼룩끼룩 소리치며 날다가 앉았다 하며 자기들의 언어로 경전을 외우듯이 일정한 소리를 내며 호수의 풍경을 한 차원 높인다.

오늘도 바람이 분다. 호수에서는 철썩철썩 파도 소리가 난다. 나는 등산화와 양말을 벗고 맨발로 물에 들어간다. 새삼스럽게 발가락에 물집이 생겼다. 나로서는 드문 일이다. 고도에서는 평지 길도 쉽지가 않았을까? 물집은 새삼스럽지만 또 다른 훈장으로 생각하기로 한다. 터트린 물집 안으로 모래가 들어갔다. 약간 쓰라리다. 그래도 고마워한다. 나를 받아준 마나사로바에게,

우리는 카일라스가 잘 보이는 곳에 텐트를 세운다. 어제와는 모래 촉감이 다르다. 약간의 소금기가 느껴진다. 실제로 모래에 염분인지 약간 흰 빛의 띠가 있기는 하다. 작은 조개껍질도 눈에 띈다. 워낙 넓은 호수라 그 주변에서 자라는 생명들이 같은 수는 없나보다.

그리고 이곳까지 걸어온 나에게, 내 발에게.

늦은 밤, 드디어 별을 본다. 세상에! 온 하늘에 주먹만 한 별들이 호수를 향해 쏟아지듯 반짝이는 풍광이라니. 과연 자료에서 본, 그리고 상상만 하던 별을 직접 본 것이다. 그동안 히말라야나 여타 다른 곳에서 봐왔던 별들과는 다르다. 마나사로바의 하늘에는 우주의 별 쇼가 진행 중인 것이다. 내가 이곳에서, 이 호수 위에서 하늘을 쳐다보고 별을 쳐다보고 호수를 바라보고 감탄하고 있는 것이다. 꿈만 같다.

하염없이 별 바라기를 하고 싶지만 날씨는 너무 춥고, 또 내일 가야 하는 길이 만만찮으니 자야겠기에 내 텐트에 몸을 숙이고 들어가 눕는다. 또 하루 감사한 날이 그렇게 흘러갔다.

마나사로바 순례, 셋째 날

아침 일찍 나 혼자 텐트를 빠져나와 어제 끝낸 그 지점으로 다시 가려고 나선다. 나보다 일찍 일어난 오 선배와 말이 통하지 않은 운전기사가 나를 어제 그 지점에까지 데려다준다.

오 선배는 나 혼자 걷는 길을 이해할 것 같은, 아니면 전혀 이해할 수 없을 것 같은 표정으로 나를 배웅했다. 그들은 한동안 혼자 걷는 나를 바라보다가 돌아갔다.

마나사로바를 내 발로 걸어서 돌고 싶어 하는 이유는 실은 나도 모른다. 내가 모르는데 그들이 어떻게 알겠는가? 그냥 좀 더 많이, 좀더 가까이 마나사로바와 함께하고 싶다. 오체투지는 못하더라도, 걸어서라도 동그라미를 그리고 싶다.

나는 아무렇지도 않게 혼자 길을 나섰다. 짐은 텐트에 두고 왔으니 빈 몸이다.

혼자가 된 나는 조금 운다.

내가 우는 것은 외로워서도 아니고 서운해서도 아니고 그냥 울었을 뿐이다. 그냥 울음이 나왔다. 아마 홀가분해서였을 것이다. 아마 너무 좋아서였을 것이다.

호수의 새벽은 어제와는 딴판으로 고요하다. 성호를 만나 한껏 들떠 있던 인도 힌두스탄들은 보이지 않는다. 깊은 잠에 빠져 있는 듯 호수는 마냥 한가롭다. 들리는 소리라곤 끼룩거리는 새소리와 철썩이는 파도 소리뿐. 세상에는 아무도 없다. 오로지 나와 호수뿐이다. 이른 아침, 우주의 자궁 마나사로바. 이 성스러운 호수와의 단독 대면이라니, 이런 축복이 또 어디 있겠는가? 나는 홀로 감동하고 감사한다. 오로지 나를, 나만을 위해 펼쳐진 그 길을 무슨 말로 표현할 수 있을까? 나는 내 생애 최고의 시간을 보내는 것이다. 감동이다. 최고의 아침이다.

마나사로바를 홀로 걷는 길과 시간은, 참 축복받은 길이고 시간이다. 온 세상 천지에 존재하는 것들은 지금 여기 내가 만나는 이 대상들뿐인 듯하다. 이 한가로운 환희라니, 이 축복받은 걷기 명상이라니. 나를 여기까지 오게 해서 이렇게 성스러운 호수 길을 홀로 걷게 한 그 무언가의 힘에 절로 고개가 숙여지며 오로지 감사한 마음뿐이다.

모퉁이를 돌 때마다 카일라스는 보였다 숨었다를 반복했다. 나와 숨바꼭질 놀이하듯 반짝이는 개구쟁이 같은 얼굴이다. 볼 때마다 표정이 다르다. 이제는 익숙해져서 친한 부처님을 보듯 미소가 절로 나온다.

이제 카일라스가 보이지 않아도, 또 멀찍이 물러나도 조급하지가 않다. 곧, 며칠 내 갈 수 있으니까. 이제 곧 만날 거니까. 오히려 너무 가까이 너무 빨리 가기에는 아까워서 천천히 가고픈 마음도 있다. 오래도록 보고 싶은 욕심의 다른 표현일 것이다. 그러니 마나사로바 순례를 먼저 선택한 건 참 잘한 일인 것 같다. 뭔가를 그르칠까 봐 조심하는 것이다. 준비를 하는 것이다. 뜸을 들이는 것이다. 더 완벽하게 느끼고 싶은 것이다. 더 멋지게 체험하고 싶은 것이다. 아끼고 싶은 것이다. 더 많이 설레고 싶은 것이다.

나는 사랑에 빠지고 만 것인가? 아마도 그런 것 같다. 사랑하는 대상에게 나타나는 온갖 것들이 내 마음에 나타났다. 두근두근, 콩당콩당, 조바심, 그리움, 벅참, 설렘, 보고 싶음, 안타까움. 눈물, 어리광, 그리고 미소…….

좋아라.

나도 사랑에 빠질 수 있구나. 그렇구나. 정말 그렇구나. 새삼 안도한다.

혼자 걷는 시간이 좋아서 걸음을 늦춘다. 4,582미터 고원의 호젓한 호수 길을 나는 혼자 아끼며 걷는다. 내가 언제 이렇게 호젓하게 걸어보았나 싶어서 새삼스럽다.

물론 그동안 혼자 한 산행이 적지 않았고 여전히 매일 아침 혼자 산을 오르고 있다. 하지만 이런 호젓함은 느껴보지 못했다. 이상한 일이다. 고원이라서? 성지라서? 아니면, 처음 만나는 풍광이라서? 등짐이 없어서? 잘 모르겠다. 아주 여유롭다. 평화 그 자체다.

돌아보니 그간의 나는 너무 여유가 없었거나, 너무 비장했거나, 너무 치열했었다. 물론 그럴지라도 그 시간 동안은 최선을 다했고, 그 시간이 좋았다. 그 이후에도 그때그때에 따라 그 시간이 가장 좋았고, 그 대상이 가장 좋았다. 지금도 마찬가지다. 내가 지금 여기에 있고, 여기서 보내는 시간이 가장 좋은 시간이다. 지금 걷는 길이 가장 좋은 길이다. 물론 어제는 어제 그 길이 가장 좋았다. 또한 내일은 내일 걷는 길이 가장 좋을 것이다. 나는 매일 매순간 가장 좋은 시간을 맞이하는 것이고, 가장 좋은 길을 걷는 것이다. 이만한 축복이 어디 있겠는가?

가끔씩 호수와 찻길 사이에 바위 절벽이 우뚝 나타났다. 바위 절벽에는 수행자들의 동굴로 보이는 벌집 같은 구멍들이 마나사로바나 구를라만다타 봉을 향해 뚫려 있다. 그냥 비스듬한 절벽도 있지만, 위쪽에는 아예 오버행[수직보다 더 경사가 진 암벽—편집자 주]도 보였다. 그곳까지 어떻게 올라갔을까? 한때 클라이머였던 내가 바위벽을 오르는 길을 찾고 찾아봐도 보이지 않는다. 입구는 반 정도 막혀 있거나 아예 막아진 동굴도 있었다! 이른바 진짜 무문관(無門關)인 것이다. 문이 없는 바위 동굴! 갑자기 찌르르 전기가 온몸을 관통한다.

저곳에서 얼마나 치열하게 수행을 했을까? 어쩌면 지금도 수행하고 있는지도 모른다. 이런 고원의 저런 암벽 동굴에서 대체 무엇으로 연명하는 걸까? 누가 무엇을 가져다주기에도 결코 쉽지 않으니 말이다. 도대체 무엇으로, 어떻게 살 수나 있을까? 걸으면서 올려다보는 것만으로는 성에 차지 않아서 아예 자리를 잡고 앉아서 한동안 고개가 빠져라 쳐다보지만, 나로서는 참으로 알 수 없는 일이다. 불가사의다.

그런 얘기를 듣기는 했다. 구루 수행자 중 일부는 동굴로 들어가며 스스로 입구를 막아버려서 죽기 아니면 해탈하기로 수행을 한다고 했다. 이른바 무문관 수행인 것이다. 스스로 외부로 통하는 문을 닫고 혼자 치열하게 수행하는 것이다. 죽기로 작정하고 하는 수행. 죽느냐, 깨닫느냐, 둘 중 하나다.

참 해보고 싶은 수행이다. 이런 고도에서, 이런 성스러운 호숫가 바위 절벽에서, 카일라스를 지척에 둔 곳에서, 이 마나사로바에서 나도 그들처럼 수행해보고 싶다. 수행하다 죽고 싶다! 정말 정말 그러고 싶다.

행복한 상념에 빠져서 걷고 걷다보니 저 멀리 우리 캠프가 보인다. 망부석처럼 내가 올 곳을 바라보던 선배는 비로소 나를 발견하고는 얼씨구 마중을 나온다. 혼자 걷는 시간이 그토록 행복한 시간이었음에도 불구하고 나를 기다려주고 반겨주는 동료가 있다는 것도 커다란 행복이라는 것을 깨닫는다.

우리는 오랜만에 만난 연인처럼 껴안는다. 그 모든 것이 축복이다.

한나절을 걷고 온 나나 캠프에서 나를 기다린 일행이나 아무 일 없었다는 듯, 함께 침낭 내다 말리고, 텐트 털고 함께 늦은 끼니를 해결하고 느긋이 길을 나섰다. 해는 이미 중천이고 바람 없는 볕이 따갑다. 이곳은 밤과 낮의 기온차가 심해 밤에는 몹시 춥지만 해만 나오면 더위가 느껴질 정도로 기온이 올라간다. 그늘이 없는 찻길은 피하고 싶지만 다른 길은 없다. 이 또한 순례길이니 묵묵히 걷는다. 머리 위에 태양을 이고서.

인도인들은 물에 들어가 몸에 물을 적시거나 물을 찍어 얼굴에 발랐다. 인도까지 가지고 갈 성수를 뜨기 위해 호수 깊이 들어가거나 물을 마시며 축복의 만트라를 외치기도 했다. 그들을 뒤로 하고 다시 인적이 드문 길로 들어선다.

이제 카일라스는 완전히 시야를 벗어나고 정남향의 구를라만다타 연봉이 아름답게 반짝인다. 물론 호수의 배경이 없었다면 그토록 빛나게 아름다웠을까라는 생각이 왔다가기도 한다. 이제 걷는 길의 각도가 바뀐 것과 함께 호수의 풍광은 물론 주변

가끔씩 호수와 찻길 사이에 바위 절벽이 우뚝 나타났다. 수행자들의 동굴로 보이는 벌집 같은 구멍들이 마나사로바나 구를라만다타 봉을 향해 뚫려 있다. 그냥 비스듬한 절벽도 있지만, 아예 오버행인 곳도 보였다. 저곳까지 어떻게 올라갔을까? 한때 클라이머였던 내가 바위벽을 오르는길을 찾고 찾아봐도 보이지 않는다. 입구는 반 정도 막혀 있거나 아예 막아진 동굴도 있었다. 진짜 무문관인 것이다. 문이 없는 바위 동굴! 갑자기 찌르르 전기가 온몸을 관통한다.

의 자잘한 것들까지 그동안의 것과는 또 다르다. 울퉁불퉁한 검은 돌들이 호숫가에서 파도치는 물에 젖었다 말랐다를 반복하며 세월을 견디고 있고, 물새의 종류도 달라졌다. 엄청 큰 새들이 바위 위에 한 풍경으로 앉았다 날기를 반복하며 지나가는 순례객의 눈길을 잡는다. 마멋이 동굴에서 나와 지나가는 나그네를 빤히 쳐다본다.

바위 절벽은 지나온 그 어느 곳보다 더 많아졌고, 바위 동굴 또한 더 많이 있다. 빛바랜 타르초가 그곳이 수행자의 동굴임을 알려준다. 어떤 동굴은 올라가는 길을 엉성하게, 겨우 길이 날 수 있는 아슬아슬한 절벽을 가로질러 놓은 구조물이다. 아주 귀한 나무나, 돌무더기, 흙덩어리, 그 어느 것인들 여의치 않았으리라.

물론 아예 입구가 막힌 동굴도 여전히 보이고, 몇몇 동굴은 아직도 수행자가 있음직해 보이는, 사람의 흔적도 자세히 살피면 발견할 수가 있겠다.

아직도 이곳에 수행자가 있다? 전율이 느껴진다. 단순한 호기심이 아니라 진정 만나고 싶다. 어떤 모습으로, 어떻게 연명하며 무엇을 찾는가? 그래서 그 이후는 어떤가? 우리와는 무엇이 다른가? 나와는 어떻게 다른가? 생사를 초월하고 시공도 초월하고 오로지 자신의 몸을 초나 향처럼 태워서 이 중생의 세상에 빛이 되고자 하는 그 보이지 않는 수행자들에게 합장 삼배를 한다.

오늘의 길은 정말 사람이라고는 없는 길이다. 대부분 치우 곰파 주변에만 사람이 붐빌 뿐이어서 나로서는 참 다행이다. 찻길은 있으나 아직은 알려지지 않았는지 지나가는 차도 없다. 다른 날보다 짧은 일정이다. 새벽에 나 혼자 걸은 길은 길었지만 그 이후의 길은 짧게 잡을 수밖에 없는 것이, 남겨진 길을 잘 모르기 때문이다.

그동안의 코라 길이 호수를 바로 오른쪽에 두고 물과 함께 하는 것인 반면, 그 이후 순례 길은 호수와는 떨어져서 멀리 찻길을 따라 돈다고 했다. 그 이유는 주변에 샛강이 너무 많고 이런저런 장애물이 많아서 사람이 지나다니기가 어렵기 때문이란다. 현지 순례객도 요즘은 모두 차로를 이용한다고 했다. 무엇보다 우리 가이드는 정보가 없었다. 그 가이드는 한국의 순례객들을 전문으로 하는데, 아직 한국인 중 누구도 마나사로바를 걸어서 순례한 적이 없고 또 시도하지도 않았다고 한다. 그러니 그곳에 대한 정보가 없을 수밖에.

그는 호수를 걸어서 도는 것 자체가 처음이었고, 차로가 있는 것도 현지에 와서야 알았다고 한다. 그는 조선족 청년으로, 고등학교 때부터 이곳 티베트 주도 라사에 와서 공부하고 가이드가 되었지만, 우리말과 중국어만 알 뿐 티베트 말은 할 줄 몰랐다. 다행히 요즘 보통 티베트인들은 중국어를 사용하기에 소통이 가능하지만, 원주민인 유목민들과는 대화가 아예 불가능했다. 그 청년은 조선족이지만 완벽한 한국말을 하는 중국인이라 할 만했다. 티베트인을 낮추어보는 듯한 말투와 중국이 티베트를 '구제'했다는 사고방식, 그리고 종교적인 신념까지 철저히 중국식 교육을 받은 중국 청년이었다.

그는 이번 가이드 업무가 아주 특별한 일행을 안내하는 것임을 숨김없이 드러냈다. 나름 자신도 경험을 쌓는 것이 나쁘지 않기에 우리 계획에 오히려 그가 합류한 모양새였다. 우리가 처음 마나사로바를 걸어서 순례하겠다고 했을 때야 그들은 우리의 계획에 맞춰서 장비를 준비했다. 물론 우리는 모든 장비를 준비했지만, 그들로서도 해야 할 것이 있겠기에 라사에서 주방텐트 장만하고 장비와 식량도 준비했다. 하지만 처음 해보는 일이라 엉성했고, 오히려 우리가 준비해간 장비나 식량에 따라 일정이 진행되었다. 자신의 계획에 따른 숙소 이용이 안 되어 하는수없이 야영을 해야 했고, 식사 일정도 부득이 직접 조리를 해야 하기도 했다. 가끔 불편함을 표정으로 나타냈지만, 별 말은 없이 그저 우리가 하는 대로 따라주었다. 마치 어쩔 수 없이 우리에게 온 손님 같았다.

랑포나 곰파는 이전에 본 다른 곰파와 달리 호수에서 떨어진 언덕 아래 자리 잡고 있었다. 일찌감치 주변 호숫가에 텐트를 치니, 마치 동해안 바닷가로 철 지난 휴가를 온 느낌이 들었다. 아직 코라가 끝나지 않았는데도 주변의 풍광 때문인지 마음이 느슨하다.

맨발로 호수에 들어갔다가 나오기도 하고, 낮 동안 달구어진 사막의 모래찜질도 하고 발바닥이 뜨거워질 때까지 주변을 걷기도 했다. 하염없이 호수를 바라보기도 하고, 저녁때는 모닥불이라도 피워볼까 해서 호수 주변에 떠내려온 검불을 모아보았다. 고원지대인 탓에 나무라고는 눈을 씻고 보아도 찾을 수 없기에, 그나마 검불이라도 많이 모아야 했다. 호숫가에는 물이 들어왔다 나갔다 하며 물에 밀려온 검불이 제법 있었다. 모처럼 모인 우리 일행은 한동안 무슨 숙제라도 하듯이 주변의 검불들을 다 모았다. 모아놓고 보니 비록 검불일지언정 그래도 제법 수북했다.

뜨겁기만 하던 한낮의 열기가 가시고 해가 지면 이내 쌀쌀해진다. 이곳은 해발 4,500미터가 넘는 고원인데다 사막이었던 것이다. 해는 아주 오래 떠 있었다. 밤 아홉시까지도 해가 있었고, 열시는 넘어야 밤이 온다는 느낌이었으니까. 아마 북경은 그 시간이면 한밤중일 것이다.

그럴지라도 어쨌든 그렇게 공들여 모은 검불을 태우지 못했다. 우리는 밤이 오면 캠프파이어를 하고 싶었다. 환한 대낮에 캠프파이어는 운치도 없고 기분도 나지 않기 때문이다. 그러나 이곳은 시간과 상관없이 밤이 너무 늦게 왔다. 우리는 아직 일정이 남아 있기에, 아쉽지만 모닥불은 포기하기로 했다. 내일은 어떤 길이 기다릴지 모르니, 일찍 자야 하는 까닭도 있었다.

마나사로바 순례, 마지막 날

호수 순례의 마지막 날이기도 하고, 가장 힘들기도 한 날이었다.

지나가는 사람도 만날 수 없고 자료도 없고 정보도 전혀 없는 구간인데, 우리가 야영한 호수 주변에서 차로는 호수를 버리고 북쪽으로 향하고 있었다. 걱정은 되었지만 일단 호숫가를 따라 걷기로 하고 혼자 출발하려는데, 어쩐 일로 가이드가 함께 가겠다며 나를 따라 나섰다. 그로서는 이 팀의 가이드로서 길이 어떨지도 모르는데 나를 혼자 보내는 게 좀 걱정이 되었던 모양이다. 또한 남들이 가지 않았던 곳을 가보는 경험과, 가이드로서 정보 수집에 도움이 될 것도 같았을 것이다. 나로서는 좀 불편한 마음도 있었다. 길에 대한 정보가 없는데 혼자 가는 것이 약간 걱정이기는 했지만, 혼자 걷는 호젓함을 빼앗길 것 같아 좀 꺼려졌던 것. 하지만 결과적으로 보면 정말 잘했다.

나는 단순히 호숫가만 따라가면 될 줄 알았다. 그동안 계속 그런 길의 연속이었고, 남은 구간 역시 당연히 그러할 줄 알았는데 그게 아니었다. 차로가 갑자기 호수를 버리고 떠난 이유를 알았어야만 했는데, 그러지 못했다.

출발한 지 얼마 안 되어 제법 큰 샛강이 앞을 가로막았다. 샛강을 건넌다는 것이, 그래 정말 그런다는 것이, 사실은 무심코 자꾸만 방향을 잘못 잡고 가고 있는 것이었다. 산에서도 경험한 일이었는데, 한 발자국 잘못 내딛는 것이 나중에 얼마나 큰 오류를 가져오는지 당시는 알지 못했다.

호수는 어느덧 눈앞에서 사라졌다. 우리가 가고 있는 곳은 길은 당연히 없었고 넓고 넓은 사막 평야 같은 곳이었다. 방향감각을 잃은 것이다. 나침반이라도 있었으면 방향을 잡겠는데, 우리에게는 그 장비가 없었다. 단지 고개를 뒤로 돌리면 카일라스가 그 자리에서 우리를 내려다볼 뿐이다. 그래도 안도한다. 카일라스가 그 각도에 있고 그러면 호수는 어느 방향 즈음에 있으리라는 것을 감으로 알기 때문이다. 하지만 한번 놓쳐버린 호수는 만날 수가 없고, 숱한 장애물들이 앞길을 가로막았다.

발이 푹푹 빠지는 모래사막, 가시투성이의 풀들이 자라는 땅, 어디까지 빠져들어갈지 모르는 늪, 그리고 크고 작은 다양한 모양의 호수들을 만났다. 수시로 나타나는 샛강, 무엇 때문에 설치한 것인지 알지 못하는 엄청 높은 철조망들을 만났다. 이곳이 이렇게 넓은 곳이었나? 종합세트 같은 장애물들을 넘느라 방향감각은 진작에 잃었고, 호수가 어느 쪽인지 감도 잡히지 않았다. 사막에는 오로지 야생동물의 크고 작은 발자국만 가득했고, 가끔씩 만나지는 동물의 사체와 앙상한 뼈들은 우리는 점점 더 위축되게 만들었다.

늙은 개 한 마리가 야영지에서부터 우리를 따라오더니, 여러 장애물을 넘지 못해서인지 어느 지점부터 보이지 않았다. 도대체 철조망을 몇 개를 넘었는지 모르겠다. 아마 스무 번 이상은 되었으리라. 철조망이란 게 본래 누군가의 접근을 막기 위해 설치한 것이겠기에, 어느 하나 넘기가 쉬운 게 없었다. 조금이라도 넘기 쉬운 곳을 찾느라 이리저리 왔다갔다 하다 보면 방향감은 더욱더 엉망이 되었다.

샛강 역시 좀더 건너기 쉬운 곳을 찾아 헤매다 보면 방향감은 여지없이 틀어졌다. 발이 덜 빠지는 포인트를 찾아보겠다고 여기저기 방황하다가 보면 당연히 방향은 더 엉망이 되었다. 그렇게 엉망은 엉망을 낳고, 완전히 뭐가 뭔지 모를 엉망진창에 우리는 지쳐가고 있었다. 해는 또 어찌나 머리 위에서 이글거리는지…….

그럴지라도 고개를 돌리면 나를 지켜보는 카일라스가 있고, 또한 보이지는 않지만 마나사로바가 있을 터였다. 그렇게 심한 걱정은 되지 않았다. 그러나 도무지 길 아닌 길을 가고 있으니, 가이드는 원망이 이만저만이 아닐 것이다. 걱정과 원망이 가득할 그의 눈빛을 나는 짐짓 외면한다.

손바닥만 한 그늘도 없는 사막을 푹푹 빠지며, 앞으로 가는지 옆으로 가는지도 모르는 채 무의식중에 본능적으로 앞이라고 생각되는 방향으로 가고 있는데, 저 멀리 희미하게 움직이는 것이 있었다. 자세히 보니 양들이었다. 양떼라면 양치기도 있을 터였다.

정말 있었다. 양들 무리 속에 있는 사람! 아! 사람이다, 사람이 있다!

그렇게 반가울 수가 없었다. 우리는 세상에서 사람을 처음 만난 것처럼 허둥지둥 그 사람을 만나러 내달렸다. 그러나 마음만 급했지, 몸은 그리 쉽게 움직일 수가 없었다. 발이 푹푹 빠지는 모래언덕을 급히, 그러나 아주 천천히, 그리고 한참을 가서야 만날 수 있었다.

내 입에서는 급한 김에 나도 모르게 우리말이 튀어나왔다.

"안녕하세요!"

양치기가 합장하며 말했다.

"타시텔레!"

우리는 각자의 말로 인사를 한 셈이다.

젊은 양치기였다. 양들에게 물을 먹이러 샛강으로 온 유목민이었다. 말이 통하지 않는 우리는 손짓과 발짓과 몸짓으로 대화를 했다. 거의 대부분 동문서답이었겠으나, 그럼에도 함께 웃고 소리치며 반가움을 표했다.

그의 몸짓에 의하면 결론적으로 우리는 길을 잘못 들었다. 마나사로바 코라 길은 둘이 있는데, 하나는 우리가 알고 있는, 호수에서 벗어난 차로를 따라가는 길이고, 다른 하나는 온갖 장애물을 건너며 어떤 상황에서도 호수를 따라가는 길을 말하는 것 같았다. 확실치는 않아도 내가 듣기에는 그랬다. 가이드는 전혀 유목민의 말을 못 알아들었고, 오히려 몸짓 대화는 나이 더 먹은 내가 좀 나은 것 같았다. 오히려 그가 내게 무슨 말이냐고 되묻는 웃지 못할 일까지 있었다. 아, 애석하다. 미리 알았더라면 마나사로바를 절대 내 오른쪽에서 벗어나게 하지 않았을 텐데. 아니, 그 말은 틀렸다. 내가 절대 마나사로바와 떨어지지 않고 함께 했을 텐데. 그 어떤 장애물도 나는 마다하지 않았을 텐데. 신발을 수십 번도 벗고 물을 건널 수 있었는데. 아쉬워라, 내 덕이 부족하여 그를 잠시 벗어나버렸구나.

하나를 잃어보면 하나를 얻는 법인지? 마나사로바와 잠시 멀어진 사이, 길을 잃고 엉뚱한 곳에 온 덕분에 나는 진정한 유목민을 가까이서 만날 수 있는 행운을 맞지 않았는가? 이것도 쉽게 만날 수 있는 인연이 아니다. 불가에서는 옷깃만 스쳐도 인연이라고 하지 않는가?

양은 얼추 150마리쯤 되어 보였다. 그간 티베트에 와서 목격한 깜냥으로는, 양치기들이 돌보는 양의 등이나 이마 위 또는 목 뒤쪽에는 색깔 표시가 있었다. 양치기 한 명이 여러 가구의 양들을 함께 돌보려면 당연히 그런 표시가 필요할 터다. 그러나 이 젊은 유목민의 양들은 아무런 표시가 없었다. 이로 미루어 이 양들은 모두 이 젊은 양치기의 소유임을 알 수 있었다. 이 정도의 양을 치는 유목민이면 제법 부자라고 가이드가 귀띔한다.

양치기는 양들이 물을 다 먹기를 기다렸다가 우리더러 함께 자기 움막으로 가서 차를 마시고 가라고 손짓으로 권했다. 다른 곳으로 갈 줄 모르는 우리는 그저 따라가기로 했다. 아기 양 한 마리가 뒷다리를 다쳤는지 절뚝이며 겨우 잰걸음으로 따라오고 있다. 양치기는 가끔씩 그 양을 안아서 뒤처지지 않게 해주고는 했다. 내가 봐도 가냘프지만 예쁜 양이었다. 그러니 양 주인은 얼마나 안쓰럽고 예쁠 것인가? 안고 갈 때의 그 표정과 입맞춤으로 달래는 그 표정은 아픈 자식을 대하는 표정이나 몸짓과 하나도 다르지 않았다.

양치기는 가끔 입술과 혀로 '쯔~' 하는 묘한 소리를 냈고, 또는 한 손에 든 채찍으로 소리를 내기도 했다. 채찍을 자신의 양가죽 앞치마에 탁 내리치면 방향이나 강, 약에 따라 높낮이가 다양한 소리가 생겼다. 또 채찍을 어떻게 펼치면 길이가 몇 배로 길어지기도 했다. 양치기는 그런 휘파람과 채찍 신호로 양들을 통제했다. 그 신호로 양들의 속도를 조정하고, 무리에서 벗어난 양들을 불러모았다.

양치기는 신기해하는 내가 재미있는지 이것저것 묘기를 보여주며 즐거워했고, 더 보여줄 것이 없는지 고민하기도 했다. 나도 마냥 신기하고 즐거워서 그를 따라 채찍을 휘둘러보지만 뭐 하나 되는 건 없었다. 아무렴 하루아침에 되는 게 무엇이 있겠는가.

그동안 차 안에서 목동들을 보면서 이들이 바로 도인이구나 하는 생각을 여러 번 했었다. 그도 그럴 것이, 이들은 사람이라고는 아무도 만날 수 없는 곳에서 하루종일 오직 양이나 야크하고만 시간을 보내는 것이다. 그 무료한 시간을 어찌 보낼까 했었는데, 알고 보니 이렇게 다양한 신호와 방법으로 양들과 소통하고 있었다. 역시 아는 만큼 보이고, 본인이 산 세상만큼만 생각할 수밖에 없다는 말이 새삼 떠올랐다.

우리의 구세주인 젊은 양치기를 자세히 보니, 그는 한손에는 채찍을 들고 있고 다른 손에도 뭔가를 들고 있었다. 유심히 보니 양털로 실을 짜고 있었다! 그러니까 양치기는 그냥 두 손 놓고 양만 관리하는 게 아니라, 끊임없이 뭔가를 생산하고 있었다. 실을 생산하는 도인이구나! 그가 양들을 돌보며 만들어낸 실로 그의 아낙은 양탄자도 만들고 옷도 만들고 생활에 필요한 것들을 만들 것이다.

또 그의 모자 한쪽에는 양들을 치료할 때 쓰이는 것으로 보이는 침들이 꽂혀 있다. 행여 양들이 풀을 잘못 먹었거나 기타 치료가 필요할 때 침으로 피를 빼기도 하고 다용도로 쓰는 도구가 다 갖춰져 있는 듯했다. 가까이 보지 않았다면 볼 수 없는 것들을 그를 만나면서 보게 되고 이해하게 되었다. 썩 좋은 시간이었다.

그의 휘파람 소리가 너무 듣기 좋아서 나도 그를 따라 휘파람을 불어보지만 이상하게 소리가 되어 나오지 않았다. 평소 휘파람을 잘 불지는 못하지만 소리는 낼 수 있었는데, 왠지 소리조차 나오지 않았다. 고도가 높아서 그럴까라는 생각을 잠시 해본다. 그가 하는 대로 입술과 혀로 흉내를 내보지만, 그것 또한 웃기는 소리로만 나올 뿐이었다. 양치기가 하라는 대로 이렇게 저렇게 해보다가, 우리는 이내 서로 마주보며 웃고 말았다.

물론 채찍도 그가 시키는 대로 아무리 휘둘러도 내 마음대로는 되지 않는다. 당연하다. 그의 경지를 어찌 흉내조차도 낼 수 있으랴, 그냥 그런 물건이 있다는 것을 보는 것만으로 감사할 일이지.

그와 함께 그의 움막으로 가는 길 역시 햇볕이 내리쬐고 발이 푹푹 빠지는 모래길이었지만, 그래도 재미나고 즐겁고 행복하기까지 했다. 양들은 가끔 이상한 소리나 이상한 짓을 하는 얼룩덜룩한 옷을 입은 이상한 이방인을 흘깃거리지만, 이내 자기 무리에 섞여들었다. 땅에는 풀도 별로 없었다. 있어도 겨우 땅에 붙어 있는 정도였다. 그런데도 양들은 입으로 뭔가를 계속 우물거린다. 내게는 그냥 사막이지만, 양들에게는 또 그들만 아는 먹이가 보이는 모양이었다.

신기해하며 즐거워하며 걷다 보니 저 멀리 아득히 보이던 움막이 서서히 가까워지고 있었다. 그렇게 도착한 움막에는 그를 맞는 예쁜 아낙이 있었고, 오밀조밀한 살림살이들이 있었다. 멀리서 봤을 때는 작아 보였는데, 막상 와보니 움막이 제법 컸고, 움막 옆에는 심지어 트랙터와 오토바이까지 있었다. 그동안 유목민의 살림살이를 가까이 본 적도 없었지만 차창으로 봐온 풍경은 그동안 들어왔던 것과는 차이가 있었다. 이제 유목민 텐트는 많이 사라진 듯했고 그것을 대신해서 조립식 건물이 생겨난 것 같았다. 웬만한 움막에는 오토바이는 기본이고 트랙터를 세워둔 집이 많았고 간간이 트럭을 세워둔 움막도 있었다. 모든 것이 바뀌는 세월에 그들만 옛날 방식으로 살아야 할 이유도, 또 그럴 생각도 없을 것이다.

이제 유목민들은 움막을 지었다가 철거했다가 다시 짓는 일을 하지 않는다. 대신 조립식 건물을 이용한다. 트랙터에 조립식 건물을 싣고 원하는 장소로 이동하여 그곳에서 한철을 지내는 것이다. 세상도 변하고, 우리도 변한다. 티베트의 유목민들 역시, 그들 나름의 속도와 방식으로 변해가고 있다.

간혹 그들이 옛날 같은 방식으로 살지 않아서 실망이라는 말을 하는 사람이 있다. 하지만 왜 그들만 옛날 방식으로 살아야 한다는 것인지? 세상 모든 게 다 변하는데, 그들도 그들 나름으로 최대한 편리한 삶의 방법을 찾는 게 당연하지 않은가?

이곳까지 오면서 가끔 유목민 이삿짐 트럭을 만났다. 유목민 천막이 아닌 조립식 건물 조각들이 차에 실려 있었다. 앞으로 몇십 년 아니 몇 년 후면, 티베트에서 유목민 텐트는 보지 못하게 되리라는 생각이 든다.

우리와 함께 한 젊은 양치기는 부자로 짐작은 되었으나 그의 처소는 초라했다. 천막 입구에는 양들이 들어오지 못하게 지그재그식 출입구가 있고, 안쪽 전면에는 부처상을 모신 제단이 있었다. 제단은 린포체 사진과 물과 버터기름, 얼룩덜룩한 타르초 등으로 장식되어 있었다. 천막 가운데는 화덕 겸 난로가 길게 설치되어 있는데, 그곳에서 음식을 조리하는 듯했다. 한쪽 벽에 초라한 침구가 둘둘 말려 있고, 난로 옆으로 카펫이 거실용으로 깔려 있다. 다른 쪽은 이런저런 작업을 하는 공간인 듯, 예쁜 아낙이 그곳에서 차나 버터를 만드는 것 같았다.

천막 한쪽 구석에는 동글동글한 양 똥을 잔뜩 모아두었다. 적지만 야크 똥도 보였다. 아마도 땔감이 귀한 곳이라 양 똥을 연료로 사용하는 모양이었다. 그 작은 것들을 주워 모으려면 얼마나 많은 수고와 시간이 필요할까? 이들의 시간은 우리의 시간과는 개념이 다른 것 같다. 우리네 옛날 삶도 그러지 않았을까?

몹시 수줍어하는 아낙이 우리에게 수유 차를 권한다. 조금만 마셔도 또 부어주고 또 부어주고, 컵에 입이 떨어지기만을 기다렸다가 또 부어준다. 요플레 맛이 나는, 약간 시고 텁텁하면서 짭짤한 음료도 계속 마시라며 권한다. 나는 사양하지 않고 주는 대로 받아 마신다. 옆에서 가이드가 질색인 눈으로 나를 바라본다. 본인은 한 입 대본 후 다시는 입에 대지를 않는다. 불결하다고 여기는 걸까? 양치기 부부의 친절에 대한 예가 아닌 것 같아 언짢았다.

연변 조선족인 그는 중국인인 양 행동하며 티베트인들을 은근히 무시하는 태도를 보인다. 나로서는 그런 모습을 보는 게 정말 좋지 않다.

이제 양치기는 느긋이 앉아서 수유 차와 짜이(보리떡)를 먹으며 만족한 표정이다. 아낙이 내게도 짜이를 주기에, 우리 일행 생각이 나서 배낭에 넣었더니 아예 몇 개를 더 넣어준다. 배낭에 뭐라도 들어 있으면 답례로 주고 싶은데, 아쉽다. 줄 것이 없다. 간식으로 가져간 과일 조금과 스카프를 목에 걸어주며 안았더니 아낙은 부끄러운 듯 어쩔 줄 몰라 하며 몸을 뒤로 뺀다. 얼굴은 빨개지고 눈은 어디에 두어야 할지 몰라 허둥거리다가, 남편을 바라본다. 남편은 그저 허허 웃는다. 참 어울려 보이는 남녀다. 그들이 부러웠다. 그 아낙이 부러운 건가?

아쉽게 작별을 해야 할 시간이 왔다. 며칠을 야영 생활한 탓에 카메라 배터리가 없어서 아쉽게도 사진으로 남기지는 못했다. 오로지 기억으로만 간직해야 할 것 같다. 양치기는 한참까지 따라오며 어떻게 가라고 열심히 길을 설명한다. 말을 알아들을 수 없으니 그냥 감으로만 알았다며 고개를 끄덕이지만, 알기는 뭘 알겠는가?

방향만 알아도 어딘가. 하긴 저 멀리 마을 하나가 보이기는 했다. 아마 우리가 마나사로바 순례 전날 잤던 마을일 터였다. 일단은 그곳을 향해서 가야 한다. 순례가 끝나면 꼭 한번 다시 들르고 싶은 마음에, 저 멀리 보이는 동네와 주변 지형을 새겨두려고 순진한 마음을 써본다. 실제로 양치기에게 순례 끝나고 오겠다고 큰소리로 약속을 하고야 말았다. 물론 그는 알아듣지 못했겠지만 나는 꼭 그러고 싶었다.

그와 다시 한번 아쉬운 작별을 하고 우리는 목적지를 향해서 직선 도법으로 길을 나섰다. 그러나 직선 도법은 웬걸, 샛강이 가로막고, 늪이, 작은 호수들이 길을 막아서 돌고 돌아야 했다. 물을 만나면 신발을 벗고, 모래언덕을 만나면 다시 신고를 반복했다. 우리는 금세 다시 지치기 시작한다.

새벽에 캠프를 출발해서 유목민 텐트에서 조금 쉰 것 외에 거의 쉬지를 못한 터였다. 사막을 비롯한 온갖 장애물 종합세트의 길을 모두 겪었다. 그것도 해발 4,500미터 이상에서의 고원에서. 길을 헤매고, 돌고, 빠지고, 뛰어 건너고, 물을 건너고……. 그동안 수없이 많은 길을 걸어봤지만, 나로서는 한꺼번에 이렇게 다양한 장애물 길을 만난 적은 없었다. 처음 겪는 일이었다. 내 생애에 이렇게 지쳤던 기억은 없다!

물집 잡힌 살로 뻘 모래가 들어가, 발가락은 몹시 쓰리고 아팠다. 신발을 신었다 벗었다 하기가 번거로워 모래밭을 맨발로 걷다가 가시에 여러 번 찔렸다. 모래는 뜨겁기도 해서, 아이고, 다시 신발을 신을 수밖에 없는 상황이 반복되었다. 늪은 잘못 들어서면 쑥 하고 빠져들고, 조금이라도 시간이 지체되면 사정없이 발을 잡아당기는 통에, 무섭기까지 했다.

새벽에 캠프를 출발해서 유목민 텐트에서 조금 쉰 것 이외에 거의 쉬지를 못한 터였다. 사막을 비롯한 온갖 장애물 종합세트의 길을, 그것도 해발 4,500미터 이상에서의 고원에서, 모두 겪었다. 길을 헤매고, 돌고, 빠지고, 뛰어 건너고, 물을 건너고……. 그동안 수없이 많은 길을 걸어보았지만, 나로서는 한꺼번에 이렇게 다양한 장애물 길을 걸어본 적은 없었다. 처음 겪는 일이었다. 내 생애에 이렇게 지쳤던 기억은 없다!

지난 일들이라 잊혀지기도 했겠으나, 어쨌든 이 날이 가장 지쳤던 날로 당분간은 기억될 것이다. 아니다, 아무리 그래도 1984년 겨울의 그 길고 길었던 백두대간 단독 산행과는 비교할 순 없겠다. 그만큼 많이 힘들기는 했는지 별의별 생각을 다 해보는 것이다.

마나사로바 순례 마지막 날, 정작 호수는 아침에 길 떠난 이후 보지도 만나지도 못한 채, 온갖 길을 걸으며 육신은 지쳐갔다. 그런데도 정신은 명료했고, 그래서 행복했다. 내 언제 이런 곳에서 이렇게 자연을 만끽하며 온몸을 자연에 맡긴 채 걸어보겠는가. 오히려 고맙고 감사할 뿐이다.

눈으로 보기에는 지척일 것 같은 마을이었다. 그러나 마을은 내가 다가가는 만큼 더 뒤로 물러나는 느낌이었다. 그런 느낌은 어쩌면 내가 지쳤기 때문만은 아니었을 수도 있다. 공기가 워낙 깨끗해서 거리감이 잡히지 않았을 수도 있는 것이다. 우리가 목표한 동네가 손에 잡힐 듯한데, 샛강 몇 개와 작은 호수 몇 개를 넘고 건너고 돌고 돌아서야 그곳에 도착했다.

사람 사는 곳은 어디나 할 것 없이 쓰레기 천지다. 다 왔다는 안도도 잠시, 무슨 놈의 마을이 웬 담으로 빙 둘러쳐져 있는지, 빠져나갈 곳이 없다. 길을 찾을 수가 없다. 지친 상태에서 지저분한 좁은 골목을 이리저리 헤매며 돌고 돌기를 몇 번이나 했는지 모른다. 사람은 코빼기도 보이지 않는 이상한 변두리 동네에서 나의 인내는 한계에 이르렀다. 어떤 막다른 골목에서 하는 수 없이 가이드 어깨를 밟고 겨우 담을 뛰어넘는 '쇼'를 감행했다.

그래도 오기는 잘 왔는지, 찻길을 돌아온 일행이 그 동네에서 우리를 기다리고 있었다. 우여곡절 끝에 만난 일행은 채 하루도 안 되어 다시 만난 우리를 보고 놀랐다. 먼지투성이 몰골에다 지친 기색이 역력한 우리 모습에, 웃고는 싶은데 차마 웃지는 못하는 그런 표정들이었다. 우리가 많이 힘들기는 했구나 싶었다.

며칠 만에 식당이 있는 동네에 도착한 우리 일행은 사천요리라는 중국음식 집으로 몰려간다. 티베트 식당을 가고 싶어 하는 나의 바람은 번번이 무산된다. 이제는 티베트 식당이 없다는 가이드의 핑계다. 며칠 만에 기름기 많은 국수 한 그릇을 먹었다. 그리고 호수의 나머지 구간을 어쩔까 하다가 그만두기로 한다.

나머지 구간은 그야말로 아스팔트가 깔려 있는 큰 길로 걸어야 하며, 호수와는 떨어져서 걸어야 하는 길이었다. 시작할 때 이미 차로 한번 지난 곳이라, 별 의미가 없어 보인다는 핑계였지만, 조금 아쉽기는 했다. 나는 마나사로바 주위를 완전히 도는 동그라미를 내 발로 완성하고 싶었다. 그러나 차로 지나가며 보았던 바, 순례라는 목적과는 무관한 고행만 되겠구나 싶었다. 할수없이 미완의 동그라미로 남기기로 했다.

* * *

이렇게 해서 마나사로바 둘레 약 110여 킬로미터를 끝냈다. 대략 110여 킬로미터라는 것이지, 정확한 길이는 모른다. 불가에서는 108킬로미터라고도 하고, 중국측 안내서에는 94킬로미터라고 나오기도 한다. 하지만 대체로 110킬로미터도 보면 될 것 같다.

이제는 순례자들이 많이 없는지, 아니면 시기가 일러서인지, 실제로 내가 걸으며 만난 사람은 티베트 순례자 네 명과 오체투지 순례자 한 명이 전부였다. 아주 가끔 힌두스탄들의 차가 지나갔고, 치우 곰파 주변을 제외하면 거의 사람들이 지나가지 않는다. 그러나 차로가 뚫렸으니, 앞으로 중국의 관광정책에 따라 중국인 관광객들이 몰려올 것이고, 그렇게 되면 성호 마나사로바는 어떻게 될지 걱정이다.

실제로 중국이 티베트 불교를 말살하는 차원에서 성지를 관광지화하고 있다는 느낌은 여러 곳에서 목격되었다. 아직은 알려지지 않았지만 마나사로바에 차로가 있다는 게 알려지면 인도인들도 너도나도 차로 한 바퀴 돌고 갈 것이고, 중국인 관광객도 그럴 터였다. 나중에 보니 우리나라 어떤 여행사에서도 마나사로바를 차로 순례한다는 광고를 내고 있었다. 중간에 풍광이 좋은 곳 일부만 걷고 나머지는 차로 돌겠다는 것인데, 그러면 머잖아 어머니 호수 마나사로바 주변에 숙박시설들이 생기리라. 아마 시간문제일 것이다. 나로서는 심히 안타까운 일이 아닐 수 없다. 물론 티베트 사람들이 더 안타까워할 테지만.

내가 알기로 우리나라에서 마나사로바 순례를 한 사람은 청전 스님이 그 첫 번째인데, 아마 스님도 그 당시 완전히 돌지는 못했을 것으로 짐작된다. 그의 책 『달라이라마와 함께 지낸 20년』을 보면 1993년 여름 혼자서 인도에서 출발해서 파키스탄 카라코람 하이웨이를 지나 우루무치를 거쳐 라사로 들어왔고, 온갖 고생을 하며 노숙도 하며 걸어서 순례를 시작하며 이곳 마나사로바에 도착, 코라를 했다. 하지만 어떻게 했는지에 대한 자세한 설명은 없어서 아쉽다. 내 짐작으로는 이곳 히얼이라는 곳에서 코라를 시작해서 치우 곰파까지 하고 카일라스로 갔을 것으로 보인다. 어쨌든 그분은 그 당시 진정한 순례를 한 분이다. 이곳까지 산 넘고 물 건너 걷고 걸어오며 추위와 배고픔을 견뎌야 했고, 불쌍한 유목민을 돌봐주기도 하며, 서부 티베트의 속살을 온몸으로 만나면서 이곳까지 왔을 것이다.

나흘 동안 어머니 호숫가를 걸으며 몸을 담그며, 발을 담그며, 그 옆에 텐트를 치고 잠을 자며 나는 행복했다. 온몸으로 밀착을 해서 함께한 날들이었다. 그의 기운을 느끼고 그의 소리를 듣고 그의 움직임을 보고 그의 색깔을 감상하고 그의 웅장함에 감동하며 걷고 걸은 시간이었다. 호수가 깨어나는 것을 보고 호수가 잠드는 것을 보았다. 호수에 별이 떨어지는 것을 보았고, 호수 안과 밖의 뭇생명들을 보았다.

멀고 먼 길을 돌고 돌아와서 만난 순례자들의 환희에 찬 행동을 보았고, 바위 동굴에서 수행하는 구도자를 느꼈다. 모든 것이 벅찰 뿐이다.

마나사로바에 관한 이야기를 좀 덧붙이자면, 1906년 스웨덴 출신 탐험가 스벤 헤딘이라는 사람이 서부 티베트 지역을 탐험하면서 보트를 타고 호수에 들어가 수심을 쟀다고 한다. 현지인들은 호수로 나갈 경우 호수의 신의 진노로 익사할 것이 틀림없다고 말렸다. 그러나 헤딘은 무수한 순례자들이 호수 밖에서 떠오르는 태양을 맞았겠지만 자기는 성스러운 호수 한가운데에서 태양을 맞겠다며 고집을 꺾지 않았다. 호수에서 그는 폭풍과 우박, 천둥과 번개, 높은 파도를 맞았지만, 그 와중에 수심을 82미터까지 쟀다고 한다. 헤딘은 당시 그들을 염려한 괴슬 사원 스님들이 호수의 신에게 분향하며 파도의 손아귀에서 구해달라고 기도해주었다는 사실을 알고 감동한다. 사찰 지붕 위에서 그들의 행동을 지켜보던 스님들은 그들이 연안에 내팽겨쳐졌을 때 따라나와서 그들의 상태를 살폈고, 먹을 것과 연료를 나눠주었다고도 한다. 헤딘은 이러한 자발적이고 사려 깊은 동양 수행자들의 이타행을 마음에 새겼다. 기독교도인 그는 성스러운 호수를 향해 두 손을 합장하고 티베트인처럼 "옴, 아, 훔!"이라고 외쳤다고 한다. 또한 헤딘은 카일라스 북벽 가까이 올라가서 인더스강의 발원지를 확인하고 만족해한다. 그때 그들은 카일라스 순례를 완성했다고 나온다.

카일라스 순례, 출발 전날

이제 어머니 마나사로바를 떠나 아버지 카일라스에 들려고 한다. 다시 설레인다. 하지만 그 만남의 시간을 약간 뒤로 미루고, 우선 휴식차 푸랑이라는 동네로 내려간다. 4,500미터 이상 고원에서만 벌써 며칠을 지낸 터였다. 그러다 3,900미터 아래로 내려오니, 풍부한 산소로 우선 숨쉬기가 한결 수월했다. 꽃나무와 싱싱한 식물들, 나무도 제법 있고 아주 쾌적했다. 네팔 국경이 있는 동네라서 순례객을 맞는 동네답게 제법 볼 것도 있었다.

나는 실은 그동안 내리 호수를 걷기만 한 나름의 그 시간을 돌아보고 싶었다. 마나사로바와의 시간을 조금 정리한 후에 카일라스를 만나고 싶었던 거다. 마나사로바의 그 감동이 고스란히 남아 있는 상태에서 카일라스의 감동을 겹치고 싶지 않았다. 서로 다른 마음 그릇에 그 감동을 나누어 담아야 할 것 같았다. 그러므로 푸랑의 하루 휴식은 유익했다. 내 마음속에 아직 날 것인 마나사로바를 내 나름 '소화'하여 비워낸 상태에서, 그렇게 빈 마음으로 카일라스를 만나고 싶었다. 그래야 더 많이, 더 온전히 카일라스를 만날 수 있을 것이라고 느꼈다.

호수 물에 수시로 들락거리기는 했으나, 4,500미터 이상의 고원인 황량한 사막의 먼지와 야영 생활로 인해서 피로가 쌓였으니, 며칠 만의 온수 샤워는 참 좋았다. 알게 모르게 쌓인 피로가 물과 함께 씻겨 내려갔다. 따뜻한 물에 마나사로바에서 묻혀 온 것들을 씻어내며 순례 중에 만난 오체투지 하는 그 순례자를 생각한다. 아마 그는 아직도 온몸으로 마나사로바의 길이를 재며, 온몸으로 경전을 외우며 호수 어딘가를 지나고 있으리라. 그는 그 먼지가 자랑이자 훈장이리라.

하루 잘 먹고 잘 쉬었다. 경계가 삼엄한 네팔-인도 국경을 잠시 경유하기도 했다가, 햇볕에 빛나고 있는 사카파 사원에서 마니차를 돌리며 한가로운 시간을 보내기도 했다. 동굴들이 몰려 있는 수행자 토굴을 부러움 속에 올려다보기도 하며 휴식을 즐겼다. 또 며칠간의 희박한 산소를 생각하며 가슴을 크게 열고 가능하면 많은 산소를 몸속에 저장하겠다는 심산으로 배가 부르게 산소도 마시며, 여유도 부렸다. 그리고는 천천히 그곳, 내가 꿈꾸었던 곳, 카일라스로 향했다.

하루의 초록 잔치를 끝내고 다시 고원으로 가는 길은 아름다웠다. 차로를 사이에 두고 양쪽에 펼쳐진 호수의 아름다움이라니, 이 세상의 풍경이 아닌 것 같았다. 왼쪽에는 락샤스탈(강가초) 호수가 쪽빛으로, 오른쪽에는 마나사로바가 조금 연한 쪽빛으로, 정면으로는 수정처럼 빛나는 카일라스가, 그리고 그 사이로는 더 넓은 발칸 평야가 조화롭게 어울리고 있었다.

락샤스탈 호는 이렇게 아름답고 매혹적인데 어떤 연유로 사람들에게 '귀호(鬼湖)'로 알려졌는지 모를 일이다. 마나사로바와는 또다른 아름다움으로 시선을 사로잡는다. 맑은 쪽빛 물결과 호수의 곡선, 카일라스와 함께 너무 잘 어울리는 또다른 풍경인 것이다.

하루의 초록 잔치를 끝내고 다시 고원으로 가는 길은 아름다웠다. 차로를 사이에 두고 양쪽에 펼쳐진 호수의 아름다움이라니, 이 세상의 풍경이 아닌 것 같았다. 왼쪽에는 락샤스탈 호수가 쪽빛으로, 오른쪽에는 마나사로바가 조금 연한 쪽빛을, 정면으로는 수정처럼 맑은 카일라스가, 그리고 그 사이로는 더 넓은 발칸 평야가 조화롭게 어울리고 있었다.

허락만 한다면 이 호수도 한 바퀴 돌고 싶고, 이 호숫가에서 야영을 하고 싶다. 잠시 차에서 내려 호숫가에 가보고 싶었는데, 가이드가 질색을 한다. 그 호수는 바라만 봐도 안 된다는 것이다. 이 호수의 신은 너무나 외로워서 사람을 잡아둔다는 말이 있다며 잠시 차를 세우는 것도 허락하지 않는다. 저렇게 아름다운 호수가 왜 그런 오명을 쓰고 사람들에게 외면당해야 하는지 안타깝다. 만약 내게 자유가 허락된다면 이 호수도 한 바퀴 돌고 싶다. 마나사로바와 달리 굴곡이 많아 재미는 더 할 것 같았다. 나의 낌새를 알아차린 가이드는 아예 얼굴색까지 변하며 질색을 한다.

정말 내가 그러자고 할까봐 겁 먹은 것이다. 그동안 나의 행동으로 봐서 충분히 그러고도 남으리라고 짐작을 하는 것 같다. 하지만 나는 그러지 않았다. 이제 저 카일라스로 가야 할 것이다. 이제 카일라스를 만날 시절 인연이 도래한 것이다. 그래서 달려가는 것이다.

락샤스탈 호는 마나사로바와 달리 염호로, 생명을 살리지 못한다고 한다. 그러나 두 호수 사이로 물길이 나 있어서 물이 왕래를 한다고 한다. 치우 곰파 주변의 소금기는 그래서일 것이다.

호수와 호수 사이에 동네가 자리 잡고 있고 온천수도 그곳에 있다고 한다. 온천에 가 보고 싶었지만 기회가 되지 않았다.

차 안에서 티베트 비구니 스님의 청아하고 영롱한 '옴마니반메훔' 진언을 들었다. 나도 그 진언을 따라 읊조리며, 차창 밖으로 보이는 찬란하게 빛나는 부처님 카일라스를 바라본다. 손으로는 나와 함께 카일라스를 순례할 염주를 돌리며 온몸과 온마음으로 그에게 다가가는 것이다.

이 주체할 수 없는 설렘을 어찌하랴. 내 심장 소리가 옆 사람에게 들릴 것만 같다. 그것을 감추려니 숨이 자꾸만 크게 쉬어지고, 주변 사람들에게 눈치까지 보이지만 이래저래 감정을 숨길 수 없기는 마찬가지다. 사랑과 재채기는 감출 수가 없다는 말을 들었던 기억이 있는데, 그래, 나는 사랑을 숨기지 않기로 한다. 아니 숨길 수가 없다. 내가 어떤 대상에게 이렇게 가슴 뜨겁게 다가간 적이 있었던가?

물론 젊은 날 산과 사랑에 빠져서 수도 없이 보낸 뜨거운 날들이 있었지만, 그때도 지금 같았을까? 아마 비슷했겠다. 어쩌면 더 뜨거웠을 수도 있었으리라. 그때는 불덩어리로 살았으니까. 그럴지라도 지금의 이 상황과는 서로 다른 성질의 것이다.

젊은 날의 산은 그곳에 오르고 싶어서 안달을 했었다. 아니 꼭 그것만은 아니었을 것이다. 그냥 함께 있는 것이 좋았고, 생각만 해도 좋았고, 가기 위해 준비하는 것도 좋았고, 물론 오르는 것도 좋았고, 나의 땀이 좋았다. 무엇보다 대답 없는 대답이 좋았을 것이다. 그냥 묵묵히 나를 봐주는 산.

이렇게 나열해놓고 보니 비슷한 점도 많다. 굳이 차별을 두고 싶어 하는 이유는 알겠는데, 그때의 열정은 젊은이다운 열정이었고 그저 행하는 것이 좋은 그런 시기였겠다. 그래서 그 열정도 참 좋았다. 그 열정이 지금까지 나를 나로 살아가게 한 바탕이 되었다고 생각한다. 지금이 그때와 다른 것이라면, 오르는 것이 아니라 마음으로 정성으로 대하는 순례라는 것, 오로지 순례만이 목적이라는 점이 아닐까.

나는 이미 백두대간도 순례라는 목적으로 오르내리지 않았는가! 그랬다. 언제부터인가 모든 산이 순례의 대상이 되었고, 어쩌면 살아가는 그 자체가 순례가 아닐까 싶기도 하다. 그리고 나는 지금 그 순례의 정점에 와 있는 것이다. 카일라스는 나의 순례길의 한 정점인 것이다. 이제 그 대상이 저 앞에서 위엄 넘치는 모습으로 나를 기다린다. 끌어당긴다. 자석에 끌리듯 나는 이제 그냥 끌려갈 뿐이다.

드디어 비로소 결국 먼 길을 돌아 이곳 카일라스의 베이스캠프인 다르첸에 도착했다. 베이스캠프가 아니라면 하마비(下馬碑)라고 해도 좋다. 수많은 산을 넘고 사막을 지나고 강을 건너고 구릉을 오르내리며 어머니 호수를 온몸으로 만난 후에 도착한 곳. 이곳은 그런 곳이다. 카일라스가 결가부좌를 하고 내려다보는 곳이다. 빛나는 하얀 보석이 삼각의 형상으로 성큼, 가까이 내려다보신다.

다르첸에 도착하기 직전, 카일라스가 정면으로 우뚝한 다르첸의 정문 격인 곳에서 그동안 무심해 보였던 가이드와 중국인 기사까지 차에서 내려 넙죽 엎드린다. 엉성한 자세로 뭔가를 중얼중얼한다. 카일라스는 그냥 그 자체만으로 뭇 사람을, 그가 순례자이거나 아니거나를 가리지 않고 이렇게 사람들을 겸손하게 만드는 것인가? 또는 소원을 빌면 꼭 이루어질 것 같은 느낌을 주는가? 그들의 기도는 아주 진지하다. 나중에 무엇을 빌었느냐고 물어보니 가이드는 요즘 몸이 아픈 삼촌을 낫게 해달라고 빌었다고 하고, 중국인 운전기사는 가족이 화목하기를 빌었다고 한다. 참 소박한 소원들이다. 국적과 나이에 상관없이, 가족의 건강이나 화목을 우선으로 잡는 것은 언제 어디서나 누구나의 소망이겠다.

주변의 시설물들은 그러나 숭고한 산에 비해서 너무나 어울리지 못하는 풍경이다. 견고하고 딱딱한 콘크리트 건물은 회색으로 권위를 지키며 찻길을 사이에 두고 죽 늘어서 있고, 길가 전봇대에는 오성기가 펄럭이고 있었다. 아니, 사실은 펄럭이는 게 아니라 펼쳐져 있었다. 그들은 오성기를 천이 아닌 금속으로 제작해서 전봇대에 매달려 항상 펄럭이는 것처럼 보이게 해둔 것이다. 길 곳곳에는 육중한 바리케이드가 설치되어 있고, 그곳을 지키는 경직된 중국 공안들은 무표정하게 담배를 피우고 있다. 온통 아스팔트 포장도로에, 중국 정부에서 만든 중국어 안내판까지 한눈에 볼 수 있게 했다.

이 모든 것들이 현실인 것이다. 아픈 티베트, 아픈 성산 카일라스. 아픈 나. 실제로 가슴에 날카로운 통증 하나가 지나가는 것을 느낀다.

카일라스를 순례하는 사람이나 관광을 온 사람이나, 일을 하기 위해 온 사람이나 장사를 하러 온 사람이나, 모두 이곳을 통과해야만 카일라스에 다가갈 수 있다. 어쨌든 그곳을 통과해야만 다르첸에 도착하는 것이다.

카일라스의 하마비 다르첸은 순례객과 관광객과 그들이 고용한 이러저런 사람들을 위해서 없는 것이 없다. 제법 번듯한 호텔부터 아주 허름한 숙소, 식당, 술집, 찻집, 기념품 가게, 장비 가게 책가게 이발소, 목욕탕, 오락실, 심지어 PC방까지 없는 것이 없어 보였다. 밤업소까지 있다고 한다. 중국의 집요한 티베트 말살 정책이 적나라하게 드러나는 곳이 이곳인 듯하다.

그동안 자료를 통해서 본 내용과는 많이 차이가 났다. 지난 몇 년 동안 건물이 엄청 들어선 것이다. 그만큼 순례자가 더 많아졌다는 것은 아닌 듯하고, 아마도 관광객들의 편의시설이 늘어난 것인 듯하다. 이제는 인도 순례객들도 텐트를 치는 것보다는 숙소를 더 선호하는 것 같다. 중국 관광객들도 제법 심심찮게 온다고 한다. 한국의 어느 여행사에서 카일라스 트래킹 단을 모집한다는 문구를 본 적도 있다. 그렇듯이 이제 카일라스는 순례객뿐만 아니라 관광객의 트래킹 코스가 되어가고 있는 중이리라.

순례와 관광은 전혀 다른 차원이다. 어쩐지 괜히 내가 유린

당하는 것 같아 모욕감이 느껴진다. 이 인간의 생각이 그렇거나 말거나, 주변의 풍광이 그렇거나 말거나, 카일라스는 그 모든 것에는 관심도 없는 듯, 아니 초월한 듯, 그냥 우뚝하다. 그냥 빛날 뿐이다. 그냥 찬란할 뿐이다. 그냥 그럴 뿐이다.

오후에 잠시 비가 내렸다.

그러고 보니 그동안 날씨가 너무 좋았다. 라사를 출발해서부터 줄곧 날씨가 좋았고 마나사로바 코라를 돌 때는 더 좋았다. 그 이후로도 그랬다는 생각이 미치면서 살짝 불안해지는 마음이다. 카일라스 코라를 할 동안 혹시 비나 눈이 오지나 않을까? 그동안 너무 오랫동안 날씨가 좋았다는 것을 인지하며, 카일라스 코라를 날씨가 좋았을 때 먼저 했어야 했나? 하는 생각이 마음에 계속 남아 있다. 코라 중에 비나 눈이 오면 카일라스를 온전히 만날 수 없겠기에 드는 생각인 것이다. 비나 눈이 온다고 카일라스가 어디를 가는 건 아니지만, 내 오른쪽에서 나를 내려다보는 것을 눈으로 확인하고 싶은 것이다.

비는 잠시 살짝 내리다 그쳤다. 비가 그치자 이내 다시 카일라스가 저 위에서 반짝인다. 이제는 세수까지 해서 더 화사하고 더 맑은 표정으로 저기 저 곳에 계신다.

카일라스의 베이스캠프인 다르첸은 내가 그동안 자료로 봐왔고 내가 상상한 것보다 훨씬 더 넓다. 휘황찬란하기까지 하다. 숙소에 짐을 두고 잠시 거리에 나갔는데 티베트의 대도시인 라사나 시가체처럼 중국의 어느 한 도시 같다. 빨간 오성기는 길거리 가로등에 붙박이로 꽂혀 있고, 주변의 집이나 가게 지붕에도 오성기가 타르초와 함께 펄럭이고 있다. 바람이 쓰레기를 우우 몰고 다닌다. 하지만 길가의 가게들은 비교적 깨끗하고, 없는 게 없다. 호텔, 식당, 빵집, 찻집, 술집, 장비점, 철물점, 서점, 기념품점, 옷가게, 목욕탕, 당구장……. 차로를 사이에 두고 줄지어 서 있는 가게에 물건이 진열되어 있는 건 여느 관광지와 전혀 다르지 않다. 가게 앞 길가에서는 테이블을 놓고 무슨 놀이인지 놀음인지를 열중하는 중국인과 티베트인이 많다.

가이드를 빼돌린 우리는 비로소 티베트 사람이 운영하는 찻집을 찾아 들어갔다. 찻집 안은 동굴처럼 깜깜했고, 버터기름 냄새가 코를 찔렀다. 처음에는 어두워서 잘 모르다가 조금 지나 어둠에 눈이 익고서 둘러보니 거의 모든 테이블에 가득 찬 사람들이 눈을 반짝이며 호기심 어린 눈으로 우리를 바라보고 있었다. 아마 이 사람들은 카일라스 코라를 도는 사람들을 보조해주는 포터나 마부들일 것이다. 그때는 아직 시즌 전이라 많은 사람들이 일자리를 기다리며 시간을 보내는 찻집인 것 같았다.

그 안에 있는 모든 티베트 사람들의 관심을 받으며 손짓과 발짓과 표정으로 온몸으로 때로는 국적불명의 소리로 겨우 차를 주문했다. 우리가 하는 행동에 침까지 꼴깍꼴깍 삼켜가며 보고 있는 사람들 때문에 안 그래도 어쩔 줄 모르겠는데, 우리가 입만 조금 대었다 떼어도 또 차를 부어주고는 마시라는 시늉을 했다. 사람들은 재미있다는 듯 서로를 쳐다보며 웃고 흉내도 내었다. 심심하던 차에 잘 되었다 싶은 표정들이다. 차가 입으로 들어갔는지 코로 들어갔는지 모르겠다.

다음날 아침 일찍부터 코라를 돌아야 하겠기에 찻집을 나와서 저녁을 먹으려고 식당에 갔는데, 그동안 봐왔던 어떤 사진보다 멋진 카일라스 사진이 벽에 걸려 있었다. 너무 멋있고 또 어디에서도 본 적이 없는 사진이라 탐이 나서 가이드에게 저 사진을 가지고 싶다고 했더니 별일 아니라는 듯 나올 때 사진을 떼 가지고 왔다. 나중에 주인이 알고 도로 가져오라고 해서 돌려주었지만, 참 마음에 드는 사진이었다. 나중에도 그 사진을 찾아서점과 기념품 가게를 둘러봤지만 찾을 수가 없어서 아쉬웠다.

이른 저녁을 먹고 숙소에 돌아가서 코라에 가져갈 짐과 두고 갈 짐을 분리해서 다시 쌌다. 텐트와 침낭, 매트리스 등 침구류와, 식사에 필요한 장비와 식량들, 눈에 대비해 필요한 장비들과 여벌 옷, 일기장, 그리고 시가체에서 준비한 오색 타르초 등을 꼼꼼히 챙겼다. 기범이의 손수건과 혜숙이의 머플러 등등을 차분하게 정리해서 챙기고는 침대에 타르초를 펼쳐놓고 엄숙하게 작업을 시작한다.

이번 순례는 여러 가지 목적이 있겠으나 그 중 가장 중점을 둔 부분은 기범이를 카일라스에서 회향하는 것이다. 더불어 혜숙이도 함께 내 식의 회향을 해야 했다. 그 일이 이번 순례의 많은 부분을 차지했다.

* * *

참 이야기하고 싶지 않지만, 나는 2013년에 가장 소중한 두 사람을 잃었다.

먼저, 혜숙이는 미국에서 공부하고 박사 되고 교수가 된 나의 산 후배였다. 교수가 된 그는 나의 자랑거리를 넘어 우리나라의 자랑이었다. 그는 한국에서 대학을 나와 외국 기업에서 근무도 했다. 어느 날 훌쩍 네팔로 가서는 그 당시 누구도 생각하지 못한 여행사를 차려 한국 산악 원정대를 도왔다. 당시 네팔은 지금처럼 쉽게 갈 수 있는 나라가 아니었고, 등반대는 영어도 미숙하고 네팔 정부와의 절차도 몹시 어려웠는데, 그가 중간에서 능숙하게 일처리를 했다고 한다.

80년대 후반부터 90년대 초반까지 한국의 히말라야 등반대는 그의 도움을 많이 받았다고 한다. 그때는 아직 트래킹이 유행할 시기는 아니었다. 그는 일만 능숙한 게 아니라 사람도 잘 사귀어서, 네팔 왕족과도 친해졌다. 특히 공주와는 절친이 되어 그의 마지막까지 서로 연락을 주고받은 걸로 안다.

그러다 느닷없이 귀국을 해서는 미국으로 가겠다고 했다. 워낙 겁이 없고 유능하고 용감한 그는, 내가 보기에는 어디를 가도 쉽게 적응하겠지 싶었다. 미국으로 간 그는 한동안 잘 다니던 직장을 그만두고 이제 공부를 한다고 했다. 그냥 가진 것만 가지고도 충분히 잘 살 수 있을 것 같은데, 욕심이 많은 그는 공부를 시작한 것이다. 가끔 방학 때 한국에 오면 내게로 달려

와서 아무 어려움 없다는 표정으로 하하 호호 쾌활한 모습을 보여서 나는 그가 정말 힘들지 않게 공부하고 있구나 싶었다. 외국에서, 더구나 미국에서, 맨땅에 헤딩하듯 빈손으로 공부하느라 정말 상당히 어려웠을 텐데 아무 내색도 하지 않았고, 무딘 나는 그런 줄만 알았다.

얼마나 치열하게 했겠는가? 더구나 그는 누구에게도 지기 싫어하는 사람인 것이다. 항상 알바를 하면서도 장학금을 탔다고 한다. 그에게서 들려오는 소식은 항상 좋은 것이었다. 좋은 소식만 전했으리라.

어느날 석사를 받고, 또 어느날 박사를 받았다고 했다. 그러더니 또 어느날 교수가 되고, 또 어느날 종신교수로 평생 정년이 없는 자리에 올랐다고 했다. 나는 그의 앞에는 당연히 그런 길들만 있는 줄 알았다.

세월은 그렇게 흐르고, 그가 교수로 자리도 잡고 여유도 생기면서 나를 미국으로 초대했다. 그는 거의 15년 만의 휴가라며 나와 둘이서 어디든지 가고 싶어 했다. 어디로 가고 싶으냐고 내게 물어봤자 신통한 대답이 있을 리가 없으니, 미국이 초행인 내게 미국은 역시 국립공원이라며 준비에 들어갔다. 차를 다시 사고, 등산 장비와 야영 장비를 구입하고, 15년 만의 휴가를 앞에 둔 그는 아이처럼 흥분했다.

그 덕분에 미국의 국립공원을 거의 다 돌아보기도 했다. 뉴욕에서 출발해 미국의 동부를 내려가며 그 주변의 국립공원은 다 들러서 최소한 하루는 야영을 했고, 그 산들을 오르기도 했다. 무더위로 타들어가는 남부의 국립공원들과 멕시코 국경을 넘어가보는 모험도 감행했다.

그 다음은 서부를 올라오며 미국이라는 나라의 자연을, 국립공원을 부러워했다. 우리는 원 없이 차를 탔고, 원 없이 자연을 만끽했고, 원 없이 노래를 불렀고, 원 없이 서로를 격려했고 원 없이 웃었고, 원 없이 술을 마셨다.

아쉬운 것은 갈 길이 너무 많아서 많이 걷지 못했다는 것이다. 우리는 야영 할 때는 정말 즐거웠다. 우리는 한동안 산행을 함께 하지 못했고 야영 또한 못했지만 지난날 무수히 함께한 시간이 있어서 손발이 척척 맞았다.

우리는 별 말 없이 텐트 치고 밥 하고 비로소 앉아서 낄낄대며 밥과 함께 보드카에 맥주를 말아서 마시며 그날의 일들을 생각하며 재미있어 했다. 주변 캠프에 있는 사람들은 우리를 이상하게 본다고 그가 얘기해주었다. 동양 여자 두 명이 늦은 시간에 캠프에 도착해서는 각자 묵묵히 그러나 익숙하게 텐트 치고 밥 하고 하는 것을 보며, 처음에는 '쟤들 싸웠나 봐' 하다가 '아냐, 쟤들 호모인가 봐' 하다가, 우리가 밥 먹으며 낮은 소리로 웃고 행복에 겨워 하는 모습을 보며, '쟤들, 뭐지?' 하며 헷갈렸을지도 모르겠다(우리는 일정이 빡빡해서 항상 캠프에 늦게 도착했고, 일찍 출발했다). 그러거나 말거나 우리는 행복했다.

동부에서는 애팔래치안 트레일 일부를 걷기도 했고, 중부의 록키 산맥의 일부를 오르기도 했다. 서부에서는 존 뮤어 트레일 일부를 걷기도 했다.

나는 그가 외국으로 나간 후로 그를 자주는 만나지는 못했지만 오랫동안 봐왔고 그래서 잘 알고 있다고 생각했는데, 내가 아는 게 전부는 아니었다. 그와 단 둘이서 한 달 이상을 여행을 하며 한 인간의 진면목을 보게 되었다. 항상 쾌활하고 자신감이 넘치고 거침이 없어서 나는 그가 별 고생 없이 공부를 한 줄 알았다. 그런데 알고 보니 그게 아니었다. 온갖 알바를 다 하며 장학금을 놓치지 않으려고 말도 못할 고생을 했던 것이다. 왜 아니었겠는가? 대학에서 영어를 전공했다고는 하나 생판 모르는 곳에서 가진 것도 없이 공부를 하려니 얼마나 힘이 들었겠는가. 인종 차별은 없었겠는가? 더구나 미국이라는 나라인 것이다. 나는 그것도 헤아리지 못하는 중생이었던 것이다.

과연 그는 강인한 체력과 정신의 소유자였다. 학교, 아이들의 어머니, 부모님의 딸, 살림, 학회, 연구 등으로 정신없이 바쁘지만, 활기 넘치고 의욕이 넘치는 사람이다. 항상 할 일을 찾는 용기가 있는 사람이다. 그럴지라도 어쩔 수 없이 외롭고 쓸쓸하고 생활에 벅차하는, 모든 것을 혼자 감당하는 것에 지쳐 있기도 한, 인간적인 모습을 감추지 않는 사람이다.

이렇게 여행을 하는 게 너무 좋으니 앞으로 계속 연구를 잘해서 여행을 또 하자고 하는 나의 염치없는 주문에, 그는 깔깔 웃으며 연구를 먼저 할지 연애를 먼저 할지 고민이라며 농담 반 진담을 풀어놓기도 했다.

그 자신이 항상 일을 만들었고, 일이 넘쳤다. 깔끔한 성격에 완벽주의자이다 보니 본인은 얼마나 힘들 것인가? 그러나 내색도 없이 남에게는 너그럽고 자신에게는 인색했다. 고급스러운 취향에 풍부한 지식을 갖추었고, 세상 이치에 밝으며 공과 사가 분명한, 그러면서 세심한 마음을 지닌, 진정한 자유인이었다. 그러면서 확실하게 자기 관리도 하는 사람이었다. 때에 따라서는 음주 가무를 즐기고, 낮은 풀처럼 자신을 낮추는 겸손함까지 갖추었다. 여왕처럼 도도하고 얼음처럼 차가운, 어머니처럼 품이 넓고 햇살처럼 따뜻한 사람이었다. 그 모든 것들을 봐야 하는 나는 좀 안쓰럽고 대견하고 멋져 보이고 많이 자랑스럽지만 부럽지는 않았다. 내가 보기에는 그의 삶이 너무 빡빡해 보였다.

그와 나는 비교 대상이 아니지만, 어느 것 하나 닮은 것은 없고 비슷한 환경도 아니고 비슷한 처지도 아니었다. 한국에서도 가장 고전적으로 살아가는 나와, 최첨단의 미국에서 그곳 대학의 교수로 살며 미국인처럼 살고 있는 그였지만 우리는 죽이 잘 맞았다. 물 한 병 살 줄 모르는 거의 바보와, 그 모든 것을 혼자 감당해야 하는 박사인데도 말이다. 운전 한 번 교대해주지 못하는 겁쟁이와, 하루 16시간도 운전하는 강심장인데도 말이다. 생활의 거의 대부분을 산자락을 오르내리거나 빈둥거리는 날건달과, 하루 24시간이 부족하다고 학교와 가정과 학회를 능률적으로 오가는 강력한 생활인인데도 말이다.

소심하고, 꼭 필요한 것 말고는 용기도 없고, 무엇을 한다거나 갖는다는 것에 부질없어하는, 가능하면 일을 만들지 않는 나와,

활기 넘치고 의욕 넘치는, 항상 할 일을 찾는 용기 넘치는, 모든 것을 갖추고 살아야 하는 그와의 공통점은 하나도 없어 보였다. 있다면 단 하나, 20년 저쪽에서 한때 산을 같이 다녔다는 것.

그것도 얼마 되지도 않는 시간이었다. 그것만으로 오늘까지 이어지는 우리의 관계가 참 불가사의에 가까웠다. 나는 그가 있어서 너무 든든하고 좋았다. 언제 어디서나 내 편이 있다는 축복 같은 기쁨이었다.

그는 방학 때면 한국에 나와서 대학원 강의도 하고 박사논문 심사도 하며 짬을 내서 내가 있는 지리산으로 달려왔다. 우리는 밤새도록 웃고 떠들고 술 마시며 회포를 풀었고, 다음날은 새벽부터 산에 올랐다. 평소에는 공부하고 일만 한다는 그이지만, 산에만 가면 발걸음도 가볍게 사뿐사뿐하다. 그러면서 내 땅을 밟는다는, 우리나라 산을 걷는다는 감격을 숨기지 않으며 즐거워하고 행복해했다. 그러고는 바람같이 갔다가 다음 방학이면 어제 다녀간 사람처럼 아무렇지도 않게 와서 하하 호호 놀다 가곤 했다. 지난 겨울방학 때도 와서는 다음 여름방학 때는 어디로 갈까를 얘기했다.

지난번은 미국을 한 바퀴 돌며 국립공원의 맛만 봤으니, 이번에는 어디 한 곳에 가서 집중적으로 산행을 하자며 애팔래치안으로 갈까, 아니면 로키로 갈까 하며 즐거워하다가 돌아갔다. 그런데, 아닌 밤중에 홍두깨라니.

꽃이 흐드러지게 핀 어느 봄날, 저 멀리 네팔에서 전화가 왔다. 네팔에서 30여 년 한국 식당을 경영하는 정원의 윤귀자 씨가 가라앉은 목소리로 내게 알려왔다.

"난희 씨, 혹시 알고 있어?"

나는 괜히 가슴이 덜컥 내려앉았다.

"혜숙이가 암이래. 대장암."

세상에 무슨 일인가? 왜? 혜숙이가? 그렇게 열심히 사는 사람이 왜? 육식도 하지 않는 사람이 왜? 이제 막 세상에 자신의 학문이 알려지고 그 분야에서 손꼽히는 석학이라는데. 이제 시작인데. 아직 할 일이 너무나 많은데, 그동안 고생해서 공부만 하고 아직 그 보상은 받지도 못했는데, 나는 가슴이 미어졌다.

그렇게 그는 그 좋아하는 설악산에도 다시 못 오고 인수봉에도 다시 못 오르고 아쉬움만 남기고 떠나버렸다. 언젠가는 꼭 백두대간을 함께 이어가기로 했는데, 북쪽의 백두 대산줄기까지 한꺼번에 하자고 호기롭게 얘기했는데, 그 약속은 허공으로 날아가고 말았다.

항상 몸이 냉해서 한국에 오면 한증막에 가서 땀을 빼면 좋아서 어쩔 줄 몰라 하며 얼굴에 생기가 돌았는데, 이제는 그 무엇도 함께 할 수 없게 되었다.

그해 8월이었다. 애통하고 원통했다. 왜 잘난 사람은 그리도 빨리 가야 하는지? 그 세상에서 무슨 할 일이라도 있는 것인지?

그리고…… 그해 11월 기범이가 느닷없이 가버렸다.

나의 모든 것이 마비되었다. 겨우 숨만 쉬고 살았다. 분노하고 원망하며 살았다. 자학했다.

사람을 만나고 싶지 않아서 대문을 열지 않았다. 혹시 밖에 나갈 일이 있으면 얼굴을 꽁꽁 싸매고 나갔다.

매일 밤 대성통곡을 했다. 외딴집이라 다행이었다.

투명 인간이었으면 했다. 그래도 살았다. 배고프면 밥 먹고, 잠도 들다 깨다 하며 잤다.

그러다 나도 죽을 것 같았다.

그래서 산으로 갔다. 가서 걸었다. 가서 울었다.

최대한 온몸을 가리고 갔다. 온종일 산을 내달렸다.

산은 아무 말 없이 나를 받아주었다. 나를 위로해주었다.

산이 말이 없는 것이 얼마나 고마웠는지 모른다. 아마 산이 말로 위로를 했다면, 산에도 못 가고 말았을 것이다.

그렇게 1년이 갔고 2년이 갔다.

그것도 세월이라고 나는 가끔 웃기도 하는 나를 보고는 했다.

이제 기범이가 없는 세상을 인정하고 살게 되었다.

그리고 조금 숨이 쉬어지자, 기범이와 혜숙이를 내 식으로 회향을 하고 싶었다.

그래서 이 길에 나선 것이다.

나는 먼저 기범이와 혜숙의 이름을 타르초에 쓰고, 세월호 아이들, 그리고 노무현 대통령, 그리고 내 이름을 썼다. 기범이가 내 곁을 떠났을 때, 나도 저 세상으로 함께 간 것으로 간주했다. 그래서 지금은 만날 수도 만질 수도 없는 사람들과 함께 내 이름을 넣은 것이다.

그리고 다른 타르초에는 티베트 해방, 남북 통일, 세계 평화, 전쟁 반대, 환경 보전이라고 썼다. 또다른 타르초에는 이번에 함께 순례를 온 오송호, 지우 엄인주, 꽃나 황양희 이름을 썼다. 이 먼 길을 나와 함께 해줘서 고마웠기 때문이다.

나머지 여러 장의 타르초에는 그동안 고마웠던 사람들을 차례로 이름을 적었다. 이번 순례 여행에 많은 보탬을 준 사람들을 비롯해서 평소에 인사하고 싶은 사람들, 항상 내게 도움을 준 사람들을 무슨 의식을 하듯이 차근차근 적었다.

기도하듯이 차분하게.

그것은 나의 소원이자 나의 염원, 그리고 나의 축원이었다. 내가 타르초에 이름을 써서 카일라스 벽에 내걸면 카일라스 바람이 그들의 이름을 불러주리라. 그들을 축원해주리라. 그렇게 믿었다.

카일라스 순례, 첫날

간밤에 비가 살짝 왔다. 하지만 다행히도 아침에는 맑아져서 순례 나서는 데에는 지장이 없었다.

땅에는 비가 왔지만 산에는, 카일라스에는, 눈이 왔던 모양이다. 흰눈으로 새롭게 치장을 하시고, 길 떠나는 우리를 내려다보신다.

지난밤, 어찌 잠을 자랴. 모든 준비를 끝내고 자리에 누웠는데, 잠은 오지 않고 정신이 말똥말똥했다. 어쩐 일인지, 온몸이 감전된 것처럼 수시로 전신에 전율이 왔다. 전기가 발끝에서부터 시작해서 온몸을 관통해가는 찌릿함을 느꼈다.

나로서는 처음 경험하는 일이었는데, 이곳이 어디인가? 카일라스가 내려다보는 하마비, 다르첸이 아닌가? 카일라스가 내게 뭔가 신호를 보내는 것일까? 아마 뭔가 강력한 메시지를 보내는 것 같은데, 무지몽매한 나는 알아듣지 못하고 다만 몸으로 느끼며 또 다른 감을 기다릴 뿐이었다.

뭔가는 모르겠는데 몹시 기분은 좋았다. 분명히 좋은 일이 생길 것 같았다. 예감이 좋았다. 카일라스가 나를 선택했다는 느낌이다. 아마 그럴 것 같다. 행복하다. 누구에겐가 선택 받는다는 건 기분 좋은 일이다. 하물며 카일라스라니.

화장실에 갔다가 거울을 보니 내 얼굴에서 빛이 난다! 얼굴이 환하다. 보고 또 봐도 그렇다. 어찌된 일인가? 황홀하고도 벅찬 밤이었다.

그렇게 밤을 보내고 어둠이 걷히기 무섭게 바깥 날씨부터 확인했다. 어둠과 함께 비구름도 따라 사라졌다. 그리고 잠시 환한 모습을 보여주고는 준비하고 꾸물거리는 동안 저 위 카일라스 부처님은 구름 속으로 들어가버렸다. 날씨는 다시 밤이 올 듯이 어두워졌다. 그동안 날씨가 너무 좋더라니. 너무 꾸물거렸나. 카일라스 순례를 먼저 했어야 했나? 별별 생각을 하면서 출발을 한다.

길을 나서자 카일라스가 보이지 않아도 기분이 좋아졌다. 아무렴 내 오른쪽 어깨 너머, 저 옆 산 넘어 그곳에 계시는데. 보이지 않아도 기운만은 세차다. 그냥 느껴진다.

아직 시각이 일러서 그런지 순례객은 썩 많지는 않다. 가끔 만나는 그들은 주로 티베트 불교 신자들인 듯하고, 가끔 중국인인 듯한 순례객인지 관광객인지 모를 사람이 몇 보인다. 반대편에서 코라를 돌아서 우리와 마주치는 순례자도 심심찮게 만난다. 그들은 티베트 토속 종교인 뵌교 신자들로, 성지 코라를 티베트 불교도나 힌두교도들과는 반대인 시계 반대방향으로 돈다고 한다.

겉모습으로는 구분이 가지 않는다. 그들도 티베트 전통 복장에 손으로는 염주나 마니차를 돌리며 입으로는 경전을 중얼중얼 하며 반대편에서 오는 나에게 웃음을 보이며 바삐 지나간다. 그들 중에는 카일라스 코라 53여 킬로미터를 하루에 도는 사람도 많다고 한다. 그들 중 일부는 벌써 여러 번 코라를 도는 사람도 있을 것이다.

그들은 카일라스 코라를 하는 것이 일생의 소망이자 마지막 희망이라고 한다. 카일라스 코라를 한번 하면 일생의 업이 소멸되고, 열세 번을 돌면 모든 생의 업이 소멸되며, 108번을 돌면 드디어 해탈을 할 수 있다고 한다. 한 번도 어려운데 백 팔 번이라니 상상이 가지 않는다.

조금 진행하니 지난 사진에서 보았던, 강나초르텐이라고 하는 불이문(일주문) 탑이 보인다. 주변의 풍광은 내가 봐온 것과 비슷한데, 이상하게 뭔가 눈에 익지 않은 것이 있다는 느낌이다. 느낌뿐만 아니라 실제 눈에 거슬리는 부분이 있다.

중국 정부에서 만든 것이 분명한 눈살 찌푸려지는 시설물들이 있고, 중국어 안내 표지판도 있고, 여기저기 쓰레기통들이 있다. 그 모든 것이 성지와는 어울리지 않아 보였다.

그곳까지는 다르첸에서 숙박한 순례객이나 관광객들을 지프차가 실어 나르고 있다. 카일라스 코라를 해야 하기는 하는데 미처 자기 발로 걷을 수 없어서 말을 타고 갈 수밖에 없는 사람들을 위해서 한쪽에 말들도 메어져 있고, 마부들이 지나가는 사람을 잡고 호객을 하는 모습도 보인다. 또 주변에는 개들이 함께 할 동행을 찾기라도 하는 양 이곳저곳에서 어슬렁거리며 사람의 눈치를 살핀다. 사람을 따라가면 먹이가 생겨서일 것이다.

저 멀리 수많은 타르초가 피라미드 모양으로 내걸려 있어서, 그곳이 성스러운 곳임을 알려주고 있다. 아마 천장(天葬)터일 것이다.

카일라스 불이문, 즉 일주문은 내가 자료에서 보기로는 색이 바래어 그냥 흰색이었는데, 지금은 색이 더해져 있다. 하얀색과 주황색으로 선명하다. 주변에는 오색 타르초가 바람에 펄럭이며 경전 말씀을 전해준다.

이제 이 불이문을 통과해 카일라스의 품안으로 들어갈 것이다. 경건한 마음으로 합장을 하고 탑 안으로 들어간다. 탑 안에는 종과 야크의 머리뼈와 뿔, 타카, 타르초, 실, 가시나무 등이 있었다. 벽에 이마를 대니 서늘한 기운이 상단전을 통해 온몸으로 관통한다. 매우 기분 좋은 서늘함이다. 탑을 통과해서 다시 탑을 올려다본다. 해와 달 그리고 연꽃이 어우러진 단아하고 아름다운 탑이다.

날씨가 맑다면 당연히 카일라스가 보이겠지만 아쉽게도 흐린 날씨 탓에 보이지 않았다. 평원 양쪽으로 우뚝 솟은 뾰족뾰족한 검은 봉우리들이 기기묘묘한 형상으로 진열이라도 하듯이 배치되어 있다. 카일라스를 보좌하는 형상으로, 누가 일부러 그렇게 한 것처럼 부동자세다.

고원의 길은 평평하고, 왼쪽으로는 라추라는 계곡 물줄기가 졸졸 맑은 소리를 내며 흘러내린다. 카일라스에서 출발한 이 물은 수트레저 강의 원류다. 히말라야를 관통하며 흐르다가 아시아의 큰 물줄기 인더스 강과 합류한다.

물은 수량도 많은 편이고 맑다. 고원지대라 나무 한 그루 없을 터인데도, 라추 계곡의 물은 맑고 청량하다. 물은 한 줄기가 아니라 여러 갈래로 흐르고 있다. 하여 물을 수시로 건너야 하는데, 다행히 돌다리가 엉성하게나마 있어서 발을 적시지 않을 수 있었다. 차가 다니는 곳은(이곳에도 이제는 차가 다닌다) 다리가 놓여 있다.

물에 손을 넣어보니 짜릿한 냉기가 전해진다. 그래도 감동이다. 많이 닳지 않아서 각이 난 크고 작은 돌들이 길 주변에 늘려 있고, 길은 비교적 잘 나 있다. 가끔 티베트 순례객이 중얼중얼 경전을 읊조리며 나를 앞선다.

우리의 간편한 복장과는 달리 무거워 보이는 치마에 앞치마까지 입고 머리는 치렁치렁 길게 땋았다. 머리에도 장식이 주렁

주렁하다. 하지만 걸음은 나보다 빠르다. 여자들은 티베트 전통 복장을 고수하는 대신, 남자들은 국적 불명의 차림이 많다. 중국 인민복 상의를 입은 남자도 심심찮게 보이고, 인민 모자까지 걸친 남자도 있다. 무슨 생각을 하며 인민복을 입었을까? 그냥 간편해서일까? 나는 괜히 싫은 생각이다. 나의 편견이겠다. 순례객이나 관광객이 주고 갔을 것으로 짐작되는, 때가 꼬질꼬질한 아웃도어 등산복을 입은 사람도 제법 있다.

키 작은 가시나무에 노란 꽃이 조롱조롱 달려 있다. 내 집에서 피고 지는 골담초와 잎과 꽃모양이 흡사하다. 다른 점이 있다면, 내 집 골담초는 하늘로 키를 키우며 올라가는데 이곳의 것들은 키는 최대한 낮추고 몸을 조금이라도 넓혀서 더 많은 꽃을 피우려고 한다는 점이다. 고도와 추위로 인한 그들의 전략이겠다. 왜인지 모르겠으나 가시는 이곳 것이 훨씬 더 날카롭다. 내가 알기로는 타자의 관심이 많으면, 그러니까 필요에 의해 그들을 해치는 손길이 많으면, 가시는 더 날카로워진다. 자신의 몸을 보호하기 위해서다. 그런데 이곳은 왜일까? 해치는 사람이 많지 않을 터인데. 아마도 사람만이 아닌 야생동물의 습격에 대처하는 또다른 방식이 아닐까 싶다. 어쩌면 5,000미터 가까이에서 살아남으려는 그들만의 생존 전략일 것이다.

그 생명 말고도 땅 꽃이 있다. 아주 작은 솜다리 과의 식물과 내가 알고 있는 지리산의 야생화를 닮은 것들, 그리고 내가 그동안 히말라야 고지대에서 봐왔던 풀꽃들, 이름을 알 수 없는 고지대의 생명들, 그밖에 잎도 없이 그냥 줄기에 꽃만 피우는 생명을 보며 위대한 생명의 번식 전략에 감탄한다.

셀송 평원 라추를 따라 걷다 보면 오른쪽으로 넓고 평평한 층층의 바위를 만나는데, 그 장소와 모양이 범상치 않다는 느낌으로 온다. 천장터라고 하는데 범접할 수 없는 기운을 느낀다. 그 주변으로는 당연히 타르초가 펄럭이며 지나가는 바람에 경전을 띄워 보내고 있다. 그 아래에는 티베트 순례자 몇 명이 오체투지를 하는 모습이 보인다.

이곳은 천장터로, 필생의 목표인 카일라스 순례를 하다가 생을 마감하면 그 껍데기를, 그러니까 남겨진 육신을 그 바위 위에 올려둔다고 한다. 그러면 그의 육신은 그곳에서 바람과 카일라스의 새와 벌레들에게 보시를 한다는 곳이다. 새나 벌레에게 육신을 보시한다니, 전율이 느껴진다.

나도 그러고 싶다. 나도 순례하다 죽고 싶다. 그래서 내 육신이 저 바위에 올려져 뭇 생명의 먹이가 되고 싶다.

라추를 따라 걷다 보면 순례자 또는 관광객을 위한 천막 가게를 만나게 된다. 예전에는 없었을 가게인데, 지금은 소비하는 사람이 많아졌나 보다. 간단한 라면이나 차, 음료수, 과자, 물 등을 파는 가게다. 앞으로도 계속 생겨날 추세다.

차 한 잔 할까 해서 천막 가게에 들어갔더니 험상궂게 생긴 사람이 처음에는 말을 타고 가지 않겠냐고 묻더니 조금 후에는 말을 타야만 갈 수 있을 거라며 나를 타일렀다. 나중에는 말을 타지 않으면 갈 수 없을 거라고 거의 협박 수준으로 강요한다. 그들 눈에는 모든 외국인은 돌마라 고개(5,670m)를 걸어서 넘을 수 없을 것으로 보이나 보다.

이곳 카일라스 주변 가게는 마나사로바의 가게와는 인심이 다르다. 물론 사람들이 많이 몰리는 곳이라 어쩔 수 없다 해도 좀 심하다. 순례자에게 차를 보시하는 인심은 이제 이곳에서는 사라져버렸을까? 그 무서운 자본이 이곳에도 서서히 자리잡아 가는 걸까? 잠시 씁쓸해졌다. 몹시.

가는 길 내내 중국어 간판이 걸려 있고, 관광지에나 있을법

한 쓰레기통이 곳곳에 놓여 있다. 다분히 의도적이다. 성지가 아닌 그냥 관광지일 뿐이라고 교묘하게 표현하고 있다는 느낌이다. 가끔 트럭들이 굉음을 내지르며 라추 이곳저곳을 질주하는 탓에 시뿌연 먼지구름이 피어난다. 이 신성한 땅에 괴물이 따로 없다. 라추가 유린당하는 것 같아 마음이 좋지 않다.

눈을 들어 사방을 둘러본다.

왼쪽 절벽에 곰파가 나타난다. 추꾸 곰파라고, 카일라스 코라 중 첫 번째로 만나는 곰파다. 이 곰파로 가려면 물을 건너야 하는데, 엉성한 다리가 놓여 있다. 갈까 어쩔까 망설이다가 가지 않기로 한다. 티베트 불교를 잘 이해하지 못하는데 가서 구경(?)만 하고 올 것 같아 별로 내키지 않았다. 올라가는 길도 만만찮아 보였다. 크고 작은 돌들이 깔려 있고, 경사도 심했다.

곰파 뒤로는 붉은색 바위산이 있어, 곰파를 보호하고 있는 형상이다. 내가 공부한 자료보다는 곰파가 많이 넓어져 있는 것 같다. 본당 건물 좌우로 다른 부속 건물이 사이사이 많이 생긴 듯하다. 색깔도 덧칠한 느낌이다.

하기는 흐르는 세월만큼 변하는 건 당연하다. 뭔가가 변한다는 건 시대의 흐름일 수도 있겠고, 더 좋은 모색일 수도 있을 것이다. 나는 변했는데 너는 변하면 안 된다라는 건 모순이다. 탓해서도 안 된다. 아쉬워해서도 안 된다. 추꾸 곰파를 가지 않기로 한 것이 조금 아쉽기는 하지만, 좀더 공부해서 오리라 핑계를 대며 나를 다독인다. 그러고도 계속 눈길을 거두지 못해 올려다보고 또 보고를 반복한다.

이 추꾸 곰파는 카일라스 코라 중 처음 만나는 곰파인 데다, 접근이 쉬워서였을 것이다. 문화혁명 때 홍위병들의 탄압을 가장 먼저 가장 많이 받았다고 한다. 그래서 절로 올라가는 주변에는 그 당시 파괴된 불상이나 건축물 잔해들이 널려 있다고 한다.

셀송 평원을 가르는 양옆으로는 각종 봉우리들이 저마다의 표정으로 자리를 지키고 있다. 오기 전에 티베트 불교와 카일라스와 주변의 부속 봉우리들을 공부하느라고 했는데도 도통 모르겠다. 그저 경건하고 감사한 마음으로 한 걸음 한 걸음 옮길 뿐이다. 이름을 알고 의미를 알고 만나면 얼마나 좋을까? 나의 무식이 참 딱하다.

날씨가 흐린 탓에 카일라스의 그 우뚝한 모습은 볼 수 없었지만 그 느낌만으로 충분히 벅차오른다. 그럴지라도 모습을 보여주었으면 해서 기도를 해본다. 제발 좀 보여주십사, 날씨가 빨리 맑아주십사, 혼자 중얼중얼, 티베트 순례객이 경전을 읊조리듯 기도를 올려본다.

오죽 보고 싶었을까? 나중에는 온갖 애교(?) 섞인 목소리가 되어 나온다. 그만큼 간절히 보고 싶은 것이다. 나도 모르게 나온 내 행동에 나 혼자 웃는다. 내 언제, 누구에게 이렇게 간절히 애교까지 섞어서 부탁을, 기도를 해본 적이 있었나? 까마득하다.

생각해보니 아기 기범에게 그렇게 한 적이 있었던 것 같다. 아기 기범이 웃는 모습이 더 보고 싶어서, 웃음소리가 더 듣고 싶어서, 나는 생전 처음 내보는 목소리로, 생전 처음 지어보는 표정으로, 생전 처음 하는 행동으로, 작은 아이를 상대로 그랬던 것 같다. 그 이후 아마 처음인 것 같다.

나의 애교 섞인 억지 기도가 먹힌 걸일까? 카일라스를 가리고 있던 구름이 서서히 물러간다. 그러면서 잠시 서벽을 보여주기 시작한다. 구름 사이로도 빛나는 찬란한 님에게 너무도 감사해서 저절로 몸이 숙여진다. 저절로 합장을 하게 된다.

"저를 불러 주셔서 감사합니다. 저를 받아주셔서 감사합니다.

저에게 품을 내주셔서 감사합니다." 오로지 감사할 뿐이다.

천막 가게에서 점심으로 즉석 비빔밥을 먹고 차 한 잔 하며 난롯가에서 잠시 쉬었다. 현지인들이 웅성거리며 자세를 바로잡기도 하고 옷매무새를 고치는 사람도 있었다. 우리가 코라를 돌고 있는 반대 방향, 즉 시계 반대방향으로 코라를 도는 한 뵌교 할아버지가 도착했다. 그가 도착하자 천막 안의 모든 현지인들이 일어나 깊숙한 합장 인사를 했다. 그러나 그는 눈길도 주지 않고 천막 안에도 들어오지 않고 그냥 밖에서 주인이 권하는 약간의 음식과 차만 마셨다.

그 할아버지는 카일라스를 백 번째 돌고 있는 중이라고 한다.

아! 백 번.

한 번도 이렇게 오기 어려운데 백 번이라니. 이제 그 분은 여덟 번만 더 돌면 백팔 번을 채우는 것이고, 영원한 해탈로 가는 것이다.

저절로 존경스럽다. 그리고 부럽다.

카일라스를 백팔 번 돌 수 있는 행운은 어찌해야 오는 걸까? 많은 순례객과 관광객들 때문인지, 닳고닳은 장사꾼들도 그분에게만은 공손하다. 차를, 음식을 대접하며 존경심을 나타낸다.

당연하다. 나도 시주를 보탠다.

차림은 많이 남루했지만 눈빛은 형형하다. 모든 사람의 관심이 오로지 당신에게로 쏠렸지만, 그는 모든 것을 달관한 듯한 표정으로 약간의 요기만 하고 잰걸음으로 떠났다. 어쩌면 이 길 위에서 백한 번째 코라를 돌고 있는 그 분을 만날 수도 있겠다. 그들은 걸음도 빠르고 또 우리와는 반대 방향에서 오니까 전혀 헛된 희망은 아니다.

이제 나도 길을 나선다. 우리의 짐을 진 야크 두 마리와 앞서거니 뒤서거니 하면서 약간 경사진 길로 접어든다. 우리의 야크는 요령을 울리면서 당당한 걸음으로 걷다가 작은 땅풀이라도 만나면 뜯어먹기 위해 멈추기도 하고 풀을 찾아 길을 벗어나기도 한다. 우리보다 걸음이 빠르니 굳이 서두르지 않아도 되는 것이다. 야크의 위풍당당함이 맘에 든다.

드디어 카일라스 북벽이 보이는 곳에 도착한다.

완벽한 모습이다.

너무나 찬란한, 너무나 당당한, 너무나 위대한, 너무나 빛나는, 너무나 아름다운 그 모습!

아! 또 가슴이 소용돌이친다. 말할 수 없는 감동에 또 눈물이 나오는데, 가슴이 먹먹해지며 흐느낌이 몸을 통과해 입으로 나오려고 하는데, 막 도착한 오송호 선배가 털썩 무너지며 먼저 통곡을 해버린다. 대성통곡이다. 나는 기회를 놓치고 만다. 애써 울음을 도로 몸 안으로 밀어넣는다. 가슴이 먹먹하다.

이곳에서의 울음은 정의를 내릴 수가 없다. 서러워서 우는 것이 아니라, 무슨 다른 이유가 있어서 우는 것이 아니라, 감격해서 우는 것인데, 뭐라고 표현할 수는 없다. 그냥 그렇게 된다.

뭔가가 뼛속까지 사무칠 때 나오는 울음인 것이다. 해탈의 울음이 아닐까 모르겠다.

오 선배는 그동안 수도 없이 많은 곳을 여행했고 수도 없이 많은 산을 다녔다는데, 이곳만큼 자신의 감정을 통제할 수 없었던 곳은 처음이라고 한다. 자신도 왜 그리 대성통곡을 했는지 이해를 못 한다. 당연하다. 나도 그랬으니까.

이유는 없다.

아니 있다. 카일라스를 만난 것이다. 이곳 카일라스 북벽 아래 도착한 것이다. 오체투지 하는 마음으로 온 것이다. 그래서 그럴 수밖에 없는 것이다.

드디어 카일라스 북벽이 보이는 곳에 도착한다. 완벽한 모습이다. 너무나 찬란한, 너무나 당당한, 너무나 위대한, 너무나 빛나는, 너무나 아름다운 그 모습! 또 가슴이 소용돌이친다. 말할 수 없는 감동에 또 눈물이 나온다. 가슴이 먹먹해지며 흐느낌이 터진다. 오송호 선배도 그동안 수없이 많은 산을 다녔다는데, 카일라스 앞에서 대성통곡을 했다. 이유는 모른다. 그냥 그렇게 된다. 이곳은 그런 곳이다.

오 선배의 울음 때문에 억지로 울음을 도로 집어넣은 나는 대신 오체투지를 한다. 처음에는 마른풀 냄새가 코끝에 딸려 올라온다. 짐승 똥 냄새도 따라온다. 이끼 냄새도 있다. 산 냄새도 있을 것이다. 카일라스 냄새인들 없겠는가?

이제 조금만 더 가면 오늘의 숙박지인 북벽 아래 도착한다. 카일라스 순례 중 두 번째로 만나는 디라푹 곰파 주변이다. 내가 순례를 준비하며 가장 마음에 두었던 곳이다.

카일라스 코라 중 두 번째로 만나는 곰파인 디라푹 곰파는 해발고도 5,210미터에 있는, 세상에서 가장 높은 곳에 위치한 사원이라고 한다. 곰파 건너편에 엉성하지만 제법 큰 건물들이 몇 있었다. 신축하는 건물도 있는 것 같은데, 가까이 가보지 않아서 자세히는 모르겠다.

보통 순례객은 절 바로 건너편에 지어진 숙소를 이용하는 듯했다. 하지만 우리는 그곳에 가지 않고 조금이라도 북벽 가까이 있고 싶어서 길 위로 올라왔다. 우리가 자리 잡은 야영지 아래에 있는 엉성한 건물은 현지 순례객이나 마부들이 묵는 숙소인 것 같았다. 너무나 아쉬운 것은 그 엉성한 건축물들이 카일라스의 풍광을 망친다는 점이다. 코라 길에서 가장 카일라스 북벽이 멋지게 볼 수 있는 곳에, 가장 좋은 자리를 차지해버린 그 건물 또는 천막이 영 불편했다.

물론 순례객이나 마부나 먹고 자야 하니까 숙소가 가까이 있어야 하는 건 맞지만 꼭 그 자리여야만 했을까? 아쉬웠다.

엉성한 건물 뒤편 평평한 곳을 택해서 텐트를 친다. 나는 누추한 숙소에 들기보다는 카일라스와 더 가까이 있을 수 있는, 더 많이 느낄 수 있는 야영이 더 좋다. 좀더 카일라스와 밀착 하고 싶다. 텐트는 거의 맨 땅바닥이니 내가 누우면 온몸이 땅과 밀착하는 것이다.

실제로 카일라스가 바라다보이는 곳에 텐트를 치며 나는 행복했다. 텐트를 치다가도 고개를 들면 환하게 바라다보이는 카일라스가 있어 저절로 미소가 지어진다. 언제나 눈길만 주면 마주 화답하는 저 빛나는 보석 덩어리!!

텐트를 설치해놓고는 작은 바위에 앉아서 좌선에 든다. 강한 기운이 손바닥을 타고 온몸으로 돈다. 찌리릿 하고 전기가 온다. 마치 몸이 붕 뜨는 느낌도 있다. 낮 동안 걸으면서 오갔던 많은 생각들을 정리하는 시간이자, 주변 기운과 경관에 압도되는 시간, 동시에 내 마음 깊은 곳으로 들어가보는 시간이기도 했다.

그 동안 알고 저지른 악행, 또는 모르고 저지른 더 많았을 악행, 구업 등 모든 것을 용서를 빌었다. 이 세상에 와서 그동안 살면서 얼마나 많은 잘못을 저질렀겠는가? 이렇게 용서를 빈다고 그 죄가 가벼워지진 않겠지만, 그래도 그래야 할 것 같았다.

물론 백두대간 길에서도 감사와 용서는 항상 나의 화두였다. 경건한 길에서는 자연스러운 현상인가 보다. 어쩌면 길을 걷는다는 건 자신을 돌아보는 시간이고 자기 자신과 적나라하게 마주하는 시간이다. 그러다 보니 참회와 감사가 형제처럼 이어져 나오는 것이겠다.

또 고마운 사람들을 한 명 한 명 이름을 불러 고마움을 전하고 함께 축원을 했다. 함께 오지는 못했지만 내 좋아하는 사람들에게 카일라스를 보여주고 싶고, 아니면 기운이라도 전해주고 싶고, 그리고 카일라스에게 그 사람들을 소개하고 싶었다.

그동안 얼마나 많은 사람들의 도움으로 살아왔는지 상상할 수 없을 정도다. 오직 고마움뿐이다. 그럴지라도 마음 한쪽이 좋지 않다. 중국의 야만이 무섭기만 하다. 이 오지 중의 오지, 성지 중의 성지인 이곳, 해발고도 5,200미터가 넘는 이곳 디라푹 곰파까지 찻길을 뚫고 전봇대를 세워놓았다. 이곳도 마나사로바처럼 찻길을 뚫고 전기를 넣어서 관광지로 만들겠다는 의도가 아니고 무엇이겠는가? 두렵다. 카일라스가 관광지라니.

실제로 코라 중간중간에 중국인들을 볼 수 있었다. 아직은 극소수라 잘 티는 나지 않았지만, 주로 현지인과 함께 걷는 것 같았다. 그 중 한 젊은 중국 청년이 오체투지를 하고 있었다! 그는 자기의 큰 배낭을 한참 위에다 올려놓고 다시 내려와서 오체투지로 가는 방식으로 코라를 돌고 있었는데, 표정이 환하다. 웃음도 환하고 오체투지 하는 행동도 환하다. 빛이 난다.

나는 처음으로 중국인이 부러웠다. 그 중국 청년이 부러웠다. 그들은 우리와 달리 어떤 허가나 제지도 받지 않고 이곳 카일라스를 올 수 있는 것이다. 오고 싶으면 언제든지 올 수 있는 것이다. 왜? 중국 입장에서 보면 티베트는 자국이니까. 그래서 부러운 것이다.

그런 중국 젊은이도 있다는 것이 놀랍고 고맙고 반가워서 덥석 안아주었다. 청년은 온몸으로 웃으며 화답한다.

순례 첫날부터 징조가 좋다. 순례객이 많지는 않았지만 특별한 분들을 만난 일은 참 소중한 일이다. 오전에 만난, 카일라스 코라를 백 번째 돌고 있는 뵌교 할아버지, 그리고 카일라스를 온몸으로 만나고 있는 젊은 중국 청년. 그들을 생각만 해도 마음이 환해지는 기분이다.

늦은 시간까지 날은 밝아서 카일라스를 하염없이 쳐다보다가 목이 아프면 텐트 옆에 묶여 있는 우리 짐을 지고 온 고마운 야크와 눈을 맞추다가 하며 어두워지기를 기다린다.

별을 보고 싶은 거다. 이 성스러운 하늘에 뜨는 별을 만나고 싶은 거다.

그런데 밤 10시가 넘어서야 겨우 어두워지는 웃지 못할 상황이라니. 중국 아닌 티베트에서 중국 시간을 보내고 있는 것이다. 그럼에도 별은 카일라스 하늘에 그득하다. 별빛 아래 카일라스는 이제는 실루엣으로도 우뚝하다. 여전히 빛 덩어리다.

카일라스 순례, 둘째 날

카일라스 북벽 아래서 깨었다. 어느 날보다 잘 잤다. 동쪽 하늘이 희부염해질 무렵 텐트 문부터 열어본다. 아! 누워서도 카일라스가 올려다보인다. 그런데 어제 보지 못한 모습을 보게 된다. 보는 각도 차이일까?

카일라스 북벽 왼쪽에는 부처님 얼굴이, 오른쪽에는 시바 신의 얼굴이 뚜렷이 보인다. 깜짝 놀라서 벌떡 일어난다. 그런데 앉거나 서면 그 모습은 사라진다. 오로지 그곳 그 자리에 누워서 올려다봐야만 볼 수 있는 모습이다. 텐트 밖을 나와서 이곳 저곳을 다니며 몸을 낮춰도 보고 세워도 보지만 다른 곳에서는 보이지 않는다. 물론 모든 사물을 볼 때 각자가 보고 싶은 대로 본다지만 이상한 일이 아닌가? 다시 텐트로 들어와 누워서 올려다보는 수밖에. 한동안 그 자세로 있다가 일어난다.

열어둔 텐트 문으로 산뜻한 아침 공기가 밀려들어온다. 호흡과 함께 명상에 든다. 고요하고도 평화로운 시간이다. 디라푹 곰파 부근에서 묵은 티베트 순례객들이 아침 일찍 출발하는 소리가 들린다.

아침으로 간단한 요기를 하고 일행 중 지우와 꽃나는 계속 진행을 하기로 하고 나와 오 선배는 하루 더 이곳 주변에 있기로 한다. 카일라스 사면 중 이곳 북벽의 기운이 가장 좋은 곳으로 알려져 있고, 나 또한 그렇게 느꼈기 때문이다.

나는 북벽의 뿌리, 즉 북벽 아래 사람이 갈 수 있는 곳까지 가보기로 결정한다. 내가 위로 더 올라가겠다고 하니 가이드는 이 유별난 순례자가 영 부담스러운지 못마땅해 하는 표정이 역력하다. 우리가 갈 수 없는 이런저런 핑계를 대더니, 드디어 가지 못할 결정적인 이유를 찾았다는 듯 회심의 미소를 지으며 '북벽에는 중국 공안이 지키기 때문에 절대로 갈 수 없다'고 선포를 하는 것이다. 나는 맞받아서 걱정하지 말라고 했다. 만약 공안이 있으면 내가 해결한다고 큰소리를 쳤다.

북벽에 올라가고 싶은 마음에 큰소리를 치기는 했지만 정말 공안이 지킬까봐 걱정이 되기는 했다. 하지만 우리가 가는 동안 그 어디에도 공안은 없었고, 우리는 누구의 방해도 받지 않고 북벽의 발치 부분까지 올라갈 수 있었다. 길이 희미하게 나 있는 걸로 봐서 다른 순례객, 특히 티베트 순례객 중 극소수가 다녀갔던 모양이다. 가끔 큰 바위 전체에 '옴마니반메훔'이 오색으로 그려져 있다.

위로 올라갈수록 산 기운이 다르게 다가온다. 내가 한 발자국을 옮길 때마다 카일라스와 나는 그만큼 더 가까워지는 것이다. 가슴은 시도 때도 없이 쿵쾅거리고 벅차서 숨을 몰아쉬어야만 하는 일이 자주 있었다. 그것은 해발고도 때문이 아니다. 내가 드디어 비로소 정말 이곳에, 이 세상에서 가장 성스럽다는 곳에 와 있다는 감동 때문이다.

바로 이곳에서 숨 쉬고 있는 것이다. 이곳에서 눈 반짝이며 천년 부처님인 카일라스를 올려다보는 것이다.

카일라스 북벽 뿌리 주변은 빙하가 가로놓여 있어 더이상 접근이 불가능하다. 이곳까지 온 것만도 충분하다. 더 무엇이 필요하겠는가? 나는 카일라스를 올라가고 싶지는 않다. 더 이상은 과욕이 되는 것이다.

빙하에서 흘러내린 물이 졸졸 경쾌한 소리를 내며 아래로 향한다. 물이 맑다. 왜 아니겠는가? 저 오로지 바위로만 이루어진 곳에서 내려오는 물이니 당연히 맑지 않겠는가? 이 물이 곧 저 유명한 인더스인 것이다. 인더스의 최상류인 것이다.

이 물이, 카일라스 북벽을 오늘 출발한 이 물이 2,900킬로미터를 흘러흘러 인더스 강이 되는 것이다. 비록 인도인이 아니어도, 힌두스탄이 아니어도, 나는 감격스럽다. 공손하게 손을 내려 최고 성지에서 내려오는 물을 한 움큼 떠서 마셔본다. 찌르르 맑고 차가운 인더스 원류가 내 몸을 관통한다.

물맛은 잘 모르겠다. 바위 맛도 나고, 얼음 맛도 나고, 아무 맛도 나지 않는 것 같기도 하다. 어쩌면 물맛을 느낄 만큼의 정신이 아닌지도 모른다. 사방의 모든 풍광은 그 자체만으로 압도되고, 산의 기운은 뭐라 표현할 길이 없다. 오체투지뿐이다.

저를 받아주셔서 감사합니다. 저를 이렇게 가까이 불러주셔서 감사합니다.

내 온몸과 밀착한 땅은 그 무엇도 개입되지 않았다. 오로지 나와 카일라스뿐이다. 몇 번인가 절을 하다가 산을 향해 결가부좌로 앉는다. 눈을 감고 조금 있자니 몸이 공중에 붕 뜨는 느낌이다. 그 느낌이 하도 강해서 살짝 눈을 떠보니 공중에 몸이 뜨지는 않았다. 그렇지만 그때 내 느낌은, 내 몸이 아예 없는 듯한 느낌이다.

그 느낌은 참 좋다. 눈을 감고 한동안 그 느낌에 몸을 맡긴다. 이대로 영원히 있고 싶다. 그 느낌이 너무 좋아서 할 수만 있다면 이곳에서 텐트를 치고 한 며칠 산 기운 받으며 살았으면 좋겠다. 아니, 생의 마지막까지 이곳에서 살다가 숨을 거둘 수 있으면 좋겠다.

북벽으로 올라오는 내내 왜인지 숨이 쉬어지지 않는다고 진정을 시켜달라고 했던 오 선배가 나와 조금 떨어진 곳에서 자기만의 의식을 하고 있다. 그는 또 한번의 통곡으로 카일라스를 만나는 것이다. 그냥 느끼기에도 몸속의 모든 것을 토해내는 듯한 그의 통곡은 시원했다. 업장 소멸이다. 아마도 그는 그 울음으로 업장 소멸이 다 되었을 것이다.

연암 박지원의 『열하일기』를 보면 이런 구절이 나온다. "아! 좋은 울음터로구나. 크게 한번 울어볼 만하구나." 중국 여행 중

천리까지 아스라이 펼쳐져 있는 요동 벌판에 들어서서 그렇게 외쳤다고 한다.

사람은 슬퍼서도 울지만 기뻐도 울 수 있고 감동해서 울 수도 있을 것이다. 연암은 처음 대하는 끝없는 벌판을 보고 "호곡(好哭)터"라고 일갈을 했을 것이다. 그런 의미에서 이곳은, 이 카일라스는, 전체가 '호곡터'다.

각자 자기의 방식으로 기도한 후 멋쩍게 서로를 바라보는데, 그의 얼굴은 모든 것을 초월한 듯 홀가분해 보였다. 그 또한 나를 보더니 내 얼굴에서 빛이 난다며 놀란다. 아마 그럴 것이다. 이렇게 충만하고 이렇게 좋은데 온몸인들 빛이 나지 않겠는가?

이제 의식의 시간이 왔다.

작은 탑을 쌓고 준비해간 타르초를 걸 것이다.

가장 먼저 회향해야 할 일, 어쩌면 이 일 때문에 카일라스에 오기로 결정한 일. 바로 기범이를 회향하는 일이었다.

나는 기범이를 이 카일라스에서 회향하고 싶었다. 그 이유 때문에 그동안 망설이기만 했던 이곳을 오게 된 것이다. 가슴이 서늘해진다. 제일 위에 작은 탑을 쌓고 오색 타르초를 건다. 바람이 펄럭이며 타르초를 흔든다.

그래, 바람 타고 저 카일라스 위로 올라가렴. 그동안 살아온 날이 가벼우니 가볍게 바람 타고 올라갈 수 있겠구나. 나는 이제 너 없이 살아가는 것에 익숙해져야 하고, 받아들일 수밖에 없다. 나는 이제 네가 없는 것을 슬퍼하지 않을게. 그래도 너는 복이 많구나. 이곳 카일라스에서 바람이 되다니. 안녕, 기범아.

나는 위안을 받는다.

그 옆 타르초에는 나의 사랑하는 후배 성혜숙도 함께 회향한다. 그는 원래 바람 같은 사람 이니 가볍게 바람을 탈 것이다. 나는 또 위안이 된다.

그래 손잡고 가렴. 서로 앞서거니 뒤서거니 하며 나 없이도 잘 가렴.

아! 그리고 나도 포함시킨다.

나도 언젠가는 죽을 것이니, 나를 미리 회향하는 것도 괜찮은 것 같다. 더군다나 이 카일라스 북벽이라니. 감사할 일이다.

세월호의 어린 친구들과 노무현 대통령도 함께 카일라스의 바람에 싣는다.

조금 아래로 내려와 또 다른 탑을 쌓는다. 탑은 가능하면 엉성하게 쌓으려고 한다. 빨리 소멸되어 자연이기를 바라는 마음에서다. 이번에 나와 함께 순례길을 동행한 오 선배와 지우, 꽃나 등의 이름으로 타르초를 건다. 이 먼 길을 함께 해주고 지원해준 그들이 고마운 것이다.

그리고는 그 다음으로는 우리나라 통일, 티베트 해방, 세계 평화, 전쟁 반대, 환경 보전을 쓴 부분을 바람의 말에 보태고, 이제는 내가 알고 있는 고마운 사람들을 나열한 것을 걸었다. 그동안 나에게 조건 없이 잘해준 많은 사람들에게 이렇게나마 고마움을 표현할 수 있어서 다행이지 싶다. 나로서는 내가 할 수 있는 최대한의 보답이겠다. 어쩌면 나의 위안일 수도 있을 것이다.

물론 내가 쌓은 탑이나 내가 내건 타르초가 빨리 자연으로 돌아갔으면 하는 마음에 탑을 엉성하게 쌓는 것을 잊지 않았다. 카일라스와 방금 내가 달아서 펄럭이는 타르초가 한 풍경으로 눈에 들어오며 한층 더 아름다운 북벽 풍경이 되었다. 마치 전부터 있어왔던 풍경처럼 자연스럽다.

이곳은 티베트이고 더구나 카일라스에서도 가장 성스러운 곳이기에 오히려 타르초가 어울린다는 생각이다. 감사합니다와 옴마니반메훔을 반복하며 외운다.

그곳에서 하염없이 있고 싶지만 이제 모든 것을 뒤로하고 내려오려고 한다. 아쉬워하며, 뒤에서 누가 잡는 것만 같아서 자꾸만 돌아보며, 떨어지지 않는 발걸음을 옮긴다.

아쉬움 때문인가 눈물이 왈칵 쏟아진다.

나는 눈물이 많아진 것인가? 시도 때도 없이 눈물 바람이다.

캠프에 거의 내려올 무렵 뭔가가 허전했는데 내 손목에 있어야 할 시계가 없어졌다는 것을 알게 되었다. 이상하다. 저 위에서 오체투지를 할 때까지도 손목에 있었는데, 잘 풀릴 물건도 아닌데 어디서 어떻게 풀렸는지 알 수가 없다. 어디서 사라졌는지 감도 잡을 수 없다. 이미 내 손을 떠난 물건은 내 것이 아니라는 것을 알지만 나는 다시 올라가기로 결정한다.

북벽을 향해 다시 올라가며 곰곰이 생각해보다가 나는 알았다. 아! 그렇구나. 알아차리고 나는 감동한다. 감탄한다. 카일라스께서 나를 다시 한번 초대하신 거다! 나와 독대를 원하시는 거다.

그렇게 해석해놓고 보니 썩 그럴 듯하다. 시계에 대한 기대는 애초에 하지도 않았다. 그래서 시계를 찾는다는 기대는 접는다. 대신 카일라스와의 독대에 마음이 걷잡을 수없이 설렌다. 다시 북벽 아래까지 올라간 나는 정성껏 오체투지를 올린다.

저를 다시 불러주셔서 감사합니다.

이제 자리를 잡고 앉는다. 온전히 카일라스와 나뿐인 공간인 것이다. 이 우주의 축, 우주의 배꼽 아래 나만 혼자 있는 것이다. 황홀한 느낌이다.

이제 내 나이 육십. 살 만큼 살았다. 이 세상에 와서 나름 최선을 다해서 살았고, 부끄럽지 않게 살았다고 자부한다. 그동안 살면서 누구에게나 그렇듯이 내게도 희노애락이 있어 행복했고, 불행했고, 감사했다.

인생을 4분기로 나눈다면 20세까지는 부모님의 자식으로 살았고, 40세까지는 사회인으로, 한 분야의 전문가로 살았고, 60세까지는 한 사람의 어머니로 살았다. 이제 60세부터 나머지 한 분기만 남아 있다. 나머지 한 분기를 어떻게 살다가 갈 것인가?

이제 내게는 모셔야 할 부모님도 계시지 않고 부양해야 할 자식도 없다. 당장 죽어도 걸리는 것이 없고 여한도 없다. 그럴지라도 살아 있는 동안 나는 남을 위해 살 것이다. 봉사하는 삶, 베푸는 삶, 보답하는 삶, 나누는 삶을 살 것이다. 그동안의 살아온 습(習) 때문에 잘 되지는 않겠지만, 알아차릴 때마다 그 화두를 놓지 않을 것이다.

내 인생의 마지막 회향은 나보다 남을, 나를 필요로 하는 어디든 가서 마음으로 몸으로 봉사할 것이다. 나눌 것이다.

그동안 얼마나 받기만 하고 살아온 삶인가? 이제는 보답해야지. 그때가 지금이다. 지금부터다.

나는 이것이 카일라스의 메시지라고 느낀다. 카일라스께서 나를 따로 불러 특별히 화두를 내려주신 것이다.

감사합니다.

세상에서 가장 낮은 자세로 경배 드린다.

다시 카일라스에 등을 보여야 하는 시간이 왔다. 다음에 오게 된다면 꼭 이곳에서 하룻밤을 보내겠다고 카일라스 부처님께 약속한다. 내려오면서 조금 전에 달아둔, 벌써 이곳의 한 풍경으로 자리 잡은 타르초를 한 바퀴 돈다. 코라를 돌듯이. 천천히, 아주 천천히, 아끼듯 천천히. 기범이와 혜숙이 이름이 펄럭이는 곳에서 더 천천히.

이제 너희는 카일라스 품에 들었으니 내 품을 떠난 것이다.

안녕 내 기범. 안녕 내 혜숙.

그렇게 그들과 이별한다.

이제는 되었다. 이만하면 되었다. 나는 안도한다.

카일라스와의 독대, 그리고 바람이 된 기범이와 혜숙이를 다시 일별하며 그만 내려가도 될 것 같다. 마음이 홀가분하고 미련도 없어졌다. 아까보다 내려오는 발걸음이 한결 가볍다. 오늘 사라진 시계는 2009년 가을 기범이와 내가 백두대간 종주 산행 후 『사람과 산』으로부터 백두대간 종주 기념선물로 받은 것이다. 따지고 보면 내 시계라기보다 기범이 시계였겠다.

평소 아이는 그 시계를 좋아하기는 했지만 항상 산을 다니는 내게 더 필요한 거라며 자신이 갖지 않았는데, 이제 그의 여행에 시계가 필요했나 보다. 그렇게 생각하니 정말 그런 것 같다. 설령 그것이 아닐지라도 누군가 필요한 사람이 습득해서 잘 사용한다면 그것 또한 좋은 일이 아니겠는가? 단지 이곳은 사람이 거의 올라오지 않는 곳이지만 말이다. 신심 깊은 티베트 순례자가 카일라스 북벽에 더 가까이 올라오다가 발견해서 사용하든가, 아니면 그냥 카일라스 발치에서 잠들든가, 어떤 상황도 나쁘지 않다.

적막 속에서 하염없이 미적거리다가 발길을 돌린다.

이제는 정말 안녕.

카일라스 북벽 아래서 내가 할 수 있는 모든 것을 다 했고, 내가 느낄 수 있는 모든 감정을 느꼈다. 이제 정말 여한이 없다. 몸에는 힘이 하나도 없는 것 같지만 마음은 한없이 투명하다. 바쁠 것 없이 천천히 내려온다. 약간 허전하고 약간 홀가분하다.

캠프에 내려와서 모처럼 편히 쉰다. 순례객들은 아침에 다 떠나버렸고, 오늘 올 사람들은 아직 올 시간이 아니니, 캠프 주변은 적막과 간혹 불어오는 바람뿐이다. 이 공기, 이 바람, 이 기운. 내 언제 다시 만나랴?

나는 어쩔 줄 모르다가 가는 시간이 아까워서 다시 텐트 밖으로 나와서 산을 향해 바위 위에 자리를 깐다. 내 몸이 기(氣)로 가득 찬 느낌이다. 모든 것이 충만한 느낌이다. 만족한 기분으로 나 자신에게 잘했다고 칭찬을 해준다.

남난희 잘 했어. 정말 잘했어.

늦은 오후가 되면서 현지 마부들이 하나 둘 도착한다. 그들의 말에 의하면 인도 힌두스탄 여든 명이 말을 타고 올라오고 있는 중이란다. 여든 명이라니, 순례객 여든 명이면 그들 여든 명에 말이 여든 필, 마부도 여든 명이라는 얘기인데, 그 많은 인원이 어디서 어떻게 숙식을 해결할지 궁금하다. 저 아래 롯지는 그만 한 인원을 수용할 수 있는가 보다. 아마 몹시 번잡할 것이고, 내게는 성가신 일이겠다. 어제 우리가 올라올 때는 순례객이 극소수였는데 어찌된 일인지 티베트 순례객도 많아 이 날이 무슨 길일인가 싶기도 하다.

날씨는 다시 급변해서 이제 눈을 뿌리고 있고, 시간이 갈수록 점점 더 주변이 분주해진다. 인도 힌두스탄들은 저 아래 곰파 옆 숙소에 내리고, 말과 마부들은 내 텐트 주변에 와서 텐트 치고 말 묶고 차 끓이고 밥 하고 소리치고, 난리법석이다. 소란도 그만 한 소란이 없다. 그간의 고요함이 다 사라질 지경이다.

피하고 싶어도 방법이 없다. 나는 어쩔 줄 몰라 하다가 북벽으로 텐트를 가지고 올라가고 싶은 마음이 굴뚝같지만 그럴 수는 없겠기에 텐트를 접는다. 내가 아무리 혼자의 공간을 좋아하고 야영을 좋아한다고 해도 주변이 너무 분주해서 야영의 의미도 없는 데다가 눈도 오고, 해서 텐트를 접고 숙소로 들어갔다. 그런데 숙소는 더더욱 붐볐다. 밤에라도 차라리 올라가는 것이 낫지 않나 싶을 정도다. 저 빛나는 고요한 산 아래의 이런 번잡함이라니. 참 어울리지 않는 풍경이다.

북벽이 가장 잘 보이는 자리를 차지한 허름한 숙소 겸 식당 겸 찻집은 저 찬란한 산 덕분에 호황이다. 그러거나 말거나 카일라스는 당신 혼자 고귀하다. 당신 혼자 우뚝하고 당신 혼자 빛난다.

날이 저물어도 계속 밀려드는 마부들로 인해 더욱 더 주변은 번잡해진다. 시간이 지나면서 이들은 노래를 크게 틀어놓고 큰 소리로 따라 부르기까지 하고, 시끄러우니까 더 큰 소리로 떠들고, 발로는 땅을 쿵쿵 울리며 춤까지 추었다. 사람이 있거나 말거나 남의 방문을 수시로 벌컥벌컥 열어젖히고, 말들은 숨을 푹푹 내 쉬고, 정말이지 난리도 아니다. 우리에게는 아주 고난의 밤이다.

텐트에 쌓인 눈 때문에 텐트가 무너질까봐 그러는지 텐트를

터는데, 그 소리는 왜 그리 요란한지 오히려 텐트가 더 못 견딜 것 같다. 도무지 안 되겠기에 밖으로 나왔다가 들어갔다를 반복하며, 북벽을 만나지 않고 먼저 간 일행이 부러울 지경이었다.

그러나 아니다. 북벽에서의 그 모든 것은 이 모든 것을 충분히 상쇄할 만하다. 북벽과의 만남은 그 무엇과도 바꿀 수 없는 것이다. 나를 위로하고 또 하며 시간이, 이 밤이 어서 지나가기를 바란다.

시간이 지나도 잠을 못 이루고 신경만 곤두세운 탓인지 그동안 오지도 않았던 고소 증상이라도 온 것인가? 두통에 몸살기까지 느껴질 지경이다. 어찌 해도 잠은 올 기미가 없어서 자리를 걷고 일어나 앉아서 단전호흡에 들어간다. 한동안의 호흡으로 마음이 차분하게 가라앉는다. 그러자 아직도 떠들썩한 저들을 이해하는 마음도 생긴다.

저들은 카일라스 순례객이 아니라 생계를 이을 일로 올라온 것이다. 고단한 하루를 접으며 오랜만에 집을 떠나 이 고원까지 일을 하기 위해서 올라왔고, 비슷한 일로 올라온 친구들과 술 한잔 하며 밤늦게까지 회포를 풀 수 있겠다. 그렇게 이해하니 그들을 봐줄 만한 마음이 생겼다. 나도 한때 산에서 남을 배려하지 않고 고성방가로 떠들지 않았던가? 아이고, 창피해라. 옛 나의 행동이 되살아나며 비로소 창피했다.

눈은 간밤에 계속 내려 쌓였는데 아침이 되어도 그칠 기미 없이 조용히 세상을 하얀색으로 덮어버렸다. 이제 더이상 북벽을 볼 수 없게 되었다. 아쉽지만 보이지 않는다고 느껴지지 않는 것은 아니니까. 몸을 깊이 숙여 작별을 고한다.

그리고 눈길을 나선다. 부지런한 티베트 순례객들은 날씨와 상관없이 새벽에 길을 떠났고, 뒤에서 오던 사람들도 나보다 발걸음이 빨라서 나를 지나친다. 사방팔방 온 세상은 오로지 하얀색뿐이다. 잿빛 하늘에서는 함박눈을 축복처럼 내려보내고 있다.

돌마라를 향해서 저 경사진 길을 올라가는 순례자들의 움직임만 있을 뿐 모든 것은 정적에 싸여 있다. 고도 때문에 사람들의 움직임은 슬로비디오를 보는 것 같다. 나도 천천히, 그러나 끊임없이 눈길을 걷는다.

간밤의 그 북새통에도 몸은 가볍고 컨디션은 최상이다. 깊은 호흡으로 고소 증상도 사라졌다. 적응해준 내 몸이 고맙다. 기분 좋은 오름이다. 해발 5,500미터에서도 고소 증상은 없다.

어제의 그 인도 순례객 여든 명은 눈 때문에 말이 돌마라를 넘을 수 없기에 순례를 포기하고 돌아갔다는 안타까운 희소식을 듣는다. 그들의 입장에서 본다면 참 안된 일이다. 일생에 단 한 번 멀고도 힘든 순례길을 왔는데, 그것도 최고의 순례처인 카일라스에 도착했는데, 악천후를 만나 빈걸음으로 돌아가야 한다는 건 정말 불행한 일이다. 내가 알 바는 아니지만 그들은 어쩌면 하루를 더 기다렸다가 순례를 마칠 수도 있겠다. 이곳에서의 하루는 다른 곳의 하루와 다르겠으나 제발 그렇게 되기를 기대한다.

하지만 어려울 것이다. 하루를 더 묵기에는 그들의 인원은 너무 많다. 그리고 너무 높은 곳이다. 그들의 식량은 어쩔 것이며, 그들의 고소 증상은 어쩔 것인가? 그럴지라도 모든 것이 원활해서 그들의 순례가 이루어질 수 있기를 바란다. 그렇게만 되면 나는 그 많은 사람으로 인해 부산해질 수도 있는 상황을 벗어나는 것이고 그들은 순례를 완성할 수 있으니 불행 중 다행이 아니겠는가? 혼자 올라가며 그런 생각을 하고 있는 내가 우스워서 허허 웃어보기도 한다.

돌마라 고개로 향하는 길은 해발 6,000미터 가까운 곳이라 자주 발걸음을 멈추고 호흡을 조절해야 한다. 그만큼 공기가 희박해서 숨이 가쁘다. 사진의 인물은 오송호 선배.

눈에 덮여서인지 아니면 중국 정부가 관광지화하려고 청소를 한 것인지는 모르겠으나, 그 동안 보아온 자료와는 달리 천장터는 깨끗하다. 두고 간 옷가지도 신발도 머리카락도 사진도 그 무엇도 볼 수가 없다. 천장터에 두고 오려고 내가 준비해간 물건은 그냥 배낭에 남겨진다. 기범이가 초등학생일 때 쌍계사에서 백팔 배를 할 때 방석 위에 깔아서 사용했던 손수건과 혜숙이의 목도리를 카일라스 돌마라 아래 천장터에 두고오려고 준비했는데, 어쩔 수 없이 다시 내가 지니게 되었다. 이곳 천장터는 티베트 순례자들이 죽은 사람들을 천도하는 곳으로 생전 망자가 사용했던 물건, 즉 옷가지나 신발 또는 머리카락 사진 등을 바위에 얹거나 걸어두거나 하는 곳으로 본인의 것도 그렇게 남기고 가는 곳으로 자료로 본 봐로는 조금 섬짓한, 어찌보면 쓰레기장 같은, 하지만 그들만의 특별한 의식을 하는 곳으로 알고 있고 그래서 나도 준비해간 것이다.

돌마라 고개로 향하는 길은 제법 가팔라서 자주 발걸음을 멈추고 호흡을 조절해야 한다. 해발 6,000미터 가까운 곳이라 별다른 고소 증상이 없어도 숨이 가쁘다. 공기가 희박하기 때문이다. 숨을 크게 쉬며 천천히 올라간다.

이제 눈은 그쳤지만 잔뜩 흐려 있어서 모든 것은 희뿌옇게 보이고 땅만 하얀색이다. 사방은 온통 잿빛이다. 앞선 사람도 뒤에서 올라오는 사람도 희미하다. 모두 유령처럼 희미하게 천천히 움직인다.

이곳에 오기 전에 공부한 그 모든 것, 천장터와 업경대 등 모든 것은 눈 속에 묻혀서 나는 볼 수가 없다. 사방을 둘러봐도 잿빛뿐이다. 이제 돌마라를 거의 다 올라온 것인가? 눈에 젖어 무거워 보이는 타르초 무더기가 보이기 시작한다. 눈이 쌓이지 않았다면 얼마나 더 많은 타르초가 보였을까? 고도가 높은 이곳은 아래보다 눈이 더 많이 왔는지, 쌓인 눈이 많다. 눈에 묻힌 것 위로도 엄청난 깃발이 겹쳐져 있다.

그 곳에 올라온 티베트 순례객들은 환희 그 자체다.

어떤 사람은 중얼중얼 하며 연신 고개를 숙이고, 어떤 사람은 쏘 쏘 어쩌고 하며 하얀 종이 조각을 뿌리며 소리를 치기도 한다. 연신 합장을 하는 사람, 그 와중에 눈 위로 오체투지를 하는 사람, 눈물을 흘리는 사람 등 모두 이곳에 올라선 것을 감동하며 자신을 받아준 카일라스 부처님께 감사 인사를 하는 것이다.

나도 오랫동안 고개를 숙인다. 그러나 내가 원했던 그 느낌이 없다. 북벽에서 너무 진하게 느껴서인가? 오히려 무덤덤한 것 같아서 당황한다. 내가 상상하기로는 돌마라 위에 올라서도 북벽 못지않은 기운을 느낄 줄 알았기 때문이다.

한동안 뭔가를 생각한다. 나는 그동안 카일라스를 생각하며 항상 돌마라를 최정점으로 생각 했는데 그 느낌이 미미해서 어쩔 줄 몰랐다. 아마도 그동안의 자료에서 보고 느끼기로 이곳이 코라의 최고 높은 지점이라는 것에 관심이 집중되었을 것이다. 하지만 북벽에서 이미 정점을 본 나는 느낌이 미미한 것이다. 그렇지라도 감개무량하다. 내가 이곳에 서 있는 것이 꿈만 같다. 뭐 그럴지라도 나는 여기를 왔고 그것만으로도 감동이다.

한 가지 못마땅한 건 쓰레기통이다. 내가 왜 이렇게 쓰레기통에 민감한지 모르겠으나, 돌마라 위까지 쓰레기통을 설치해 둔 중국 정부의 '친절'이 아니꼽고 못마땅하다. 성지를 관광지화하려는 의도라고 느껴지기 때문일 터다. 돌마라 맨 위에서 카일라스를 배경으로 사진을 찍으려면 그 쓰레기통은 필수 배경이 된다. 돌마라에서 카일라스를 향해 경배를 드리면 그 쓰레기통도 경배를 받는다. 생각이 있는 순례자라면 그 쓰레기통에 쓰레기를 버리지 말아야 할 것이다. 그러면 쓰레기 없는 쓰레기통은 그곳에 있을 이유가 없다. 돌마라뿐만 아니라 카일라스의 모든 쓰레기통은 그래야 된다고 본다. 오면서 보아온 바, 중요하다 싶은 곳에는 어김없이 그 깡통이 함께한 것 같다.

눈 위에서 몇 번의 오체투지를 하고 각자 준비해간 물건을 원하는 곳에 올려놓고 준비해간 타르초를 달고 하며 자기만의 기도로 나름의 의식을 하고, 우리는 서로에게 감사함을 큰 절로 인사한다. 고마운 인연이다. 카일라스가 맺어준 인연인 것이다.

나는 내 이번 순례에 도움을 준 오송호 선배에게 진심으로 감사 인사를 드렸다. 그는 이번 나의 순례를 올 수 있게 모든 것을 지원했다. 내가 길이 멀고 비용이 많이 들어서 망설이고 있을 때 과감하게 나의 비용을 지원해주었고 그리고 함께 동행해주며 나를 지원했다. 그리고 그는 지금까지와는 다른 나름의 시간과 공간, 또 세상을 만났을 것이다. 그로서는 새로운 경험이었고 업장 소멸의 기회를 얻었다. 그에게도 좋은 시간이었을 것이다. 그가 아니었으면 오지도 못했을 수도 있는 길을 그는 내게 선물한 것이다.

눈으로 인해서 시야 확보도 안 되고 모든 것이 여의치 않아서 이곳 돌마라에서 조금 많은 시간을 보내려던 마음을 접고 급경사 하산 길로 접어든다.

나는 돌마라에서 내려다보인다는, 힌두교도들의 최고 성지인 가우리쿤드 호수를 보고 싶었지만 흐린 날씨 탓에 볼 수가 없었다. 이 순례 중 꼭 만나고 싶었던 한 곳을 만나지 못해서 조금 서운했다. 그렇지만 많이 아쉽지는 않았다. 나는 또 올 것이니까. 다음에 와서 만날 것이다. 볼 것이다. 마음껏 느낄 것이다. 만끽할 것이다. 실은, 북벽의 벅찬 감동으로 인해 다른 모든 것은 기타 등등이 되어버렸는지도 모른다. 그만큼 북벽과의 만남이 강렬했다. 내 마음 속에는 오로지 북벽의 그 감동만이 소용돌이치고 있다.

급경사 눈길에서 아이젠이라는 장비는 당연 빛을 발한다. 그때 내 생각은 등산 장비 중에 가장 잘 만든 장비가 아이젠일 거라는 생각이 들었다. 그만큼 요긴했다는 얘기다. 대부분 순례객은 현지인으로 그들의 의상이나 신발에 비해 내 차림은 너무나 튀었지만, 그중에 가장 튀는 장비가 단연 아이젠이었다. 그 급경사의 눈길을 그들은 수시로 미끄러지고 넘어지기를 반복하며 힘겹게 내려가는데, 아이젠을 장착한 나는 성큼성큼 내려간다.

그들에게 미안했다. 미끄러운 길을 손도 잡아주고 부축도 해주며 그들과 함께 내려오는데 한 젊은 여인은 아예 내 손을 놓으려고 하지 않는다. 우리는 서로 마주 쳐다보며 그냥 씩 웃을 뿐이다. 고마움과 수줍음이 담긴 그의 미소는 아름다웠다.

어떤 젊은 처녀는 그 미끄럽고도 추운 와중에 걷는 데 방해가 될 것 같은 돌들을 정리하며 가고 있다. 장갑도 없이 맨 손으로. 뒤에서 가는 노인도 그녀를 거든다. 내가 아닌 뒤에 올 누군가를 위해서 조금이라도 불편함을 덜어주려는 이타행에 감동한다. 순례의 또다른 행동이겠다.

나이 든 여인들은 그들의 전통 의상인 치마가 눈밭에 끌려서 점점 젖어가는 데도, 그래서 점점 더 무거워져서 자꾸만 아래로 내려가는데도, 전혀 아랑곳하지 않고 오로지 경전을 중얼중얼 외우며 걸을 뿐이다. 그들의 신발은 젖어버린 지 이미 오래다. 사소한 것은 아랑곳하지 않고 오로지 순례에만 집중하는 그 모습이 부럽다.

반대편에서 올라오는 뵌교 순례자들도 심심찮게 만난다. 그들 또한 별 짐도 없이 쾌활한 걸음으로 마주 오는 불교 신자들과 인사하며 지나친다. 이제 급경사는 서서히 사라지며, 눈은 녹으면서 땅이 질척거린다.

카일라스 아웃 코라 길에도 디라푹 곰파와 주툴북 곰파 주변 숙소 이외에도 중간중간에 몇 개의 간이 텐트 숙소가 있어서 걸음이 느린 사람이나 좀 천천히 걷고 싶은 사람들이 이용할 수 있다. 아마 순례객 이외에도 관광이나 트래킹 목적으로 오는 사람이 많아지기 때문일 것이다. 앞으로는 더 번잡해질 것이다. 그리고 더 망가질 것이다. 가슴 아픈 일이다.

길가 천막 텐트에 들어가서 차를 한 잔 시키고 기다리자니 주인이 아는 체를 한다. 지난밤에 한국 여성 두 명이 이 천막 텐트에서 자고 아침에 출발했다는 것이다. 아, 지우와 꽃나가 여기서 묵고갔구나. 새삼 천막 구석구석을 돌아본다. 천막 텐트는 어수선했지만 밖의 풍경이 평화로워서 여유를 즐긴다.

아래로 내려올수록 언제 눈이 왔냐는 듯 길은 물기 하나 없고 주변 평원은 쾌적하고 평화로워 보인다. 시냇물은 졸졸 소리를 내면서 흐르고, 평원의 풀들은 초록으로 빛을 낸다. 마멋들이 땅굴에서 나와 사람을 무서워하지도 않고 한참을 쳐다보다가 구멍으로 사라지기도 한다. 이 높은 곳에도 평화로운 삶이 있고, 뭇 생명은 살고 있다. 참 평화로운 곳이다.

이곳은 바위의 이끼들도 조금 신기하다. 아니 범상치 않다. 바위들에 노랑이나 밝은 갈색의 문양이 보이는데, 무슨 부적처럼 보이기도 하고 우아하고 신기한 티베트 글씨 같기도 하다. ॐ(옴) 자로 무늬를 낸 것 같은 바위도 있고, 무슨 경전을 새긴 것 같은 바위도 있다. 그냥 세월에 빚어진 이끼조차도 카일라스를 경배하는 것인가?

하긴 세상에 법문이 아닌 게 뭐가 있겠는가? 더군다나 이곳은 카일라스 밑자락이 아닌가? 자연은 그냥 있기만 해도 그 자체만으로 법문인 것이다.

노란색 땅꽃도, 작은 솜다리도, 내가 알고 있거나 모르는 풀들도, 사람을 보고도 피하지 않는 새들도, 부지런히 굴을 들락거리는 마멋들도, 그냥 놓인 바위도, 그 모든 보이는 것들이 범상치 않아 보인다. 그 자체가 법문인 것이다. 내 눈에는 그렇게 보인다.

곳곳에 마니석에 경전을 새겨서 무더기로 카일라스를 향해 경배하게 배치되어 있다. 그 경전을 새긴 돌들은 돌마라를 넘어서 왔을까? 코라를 할 때 불교도들은 시계방향으로 움직인다고 하니, 그럼 이 돌들은 돌마라를 넘었을 것이다. 신심 깊은 불교도들이 이 경전이 새겨진 돌을 지고 5,670미터 고개를 넘었을 것이다. 아니면 현장에서 경전을 새겼을 수도 있겠으나 돌의 종류가 달라 보인다. 도대체 성산을 향한 그들의 신심은 어디까지인지 궁금하다. 한동안 경전이 새겨진 돌들을 어루만져본다.

개울 건너에는 텐트 몇 동이 평화롭게 세워져 있다. 주변 경관과 잘 어울리는 풍경이다. 마음 같아서는 나도 텐트를 치고 한 며칠 지내고 싶다. 카일라스 북벽과는 아주 다른 느낌이다. 아예 한철 살아보고 싶다. 마나사로바 절벽 동굴에서 한철 치열하게 수행하고, 카일라스 북벽에서 벅찬 기운 받으며 한철 보내고, 이곳 종추 강가에서 보림[保任. 견성한 뒤 더욱 갈고닦는 수행법]이면 어떨까? 감히 행복한 상상을 해본다. 아주 그럴 듯하다.

고도가 많이 낮아져서 이제는 평지 길을 걷는데, 드디어 카일라스 오체투지 순례객 네 분을 만난다. 디리푹 곰파 조금 못 가서 만난 중국 청년 오체투지 순례자를 만난 후 처음이다. 날씨 탓이었을까? 잘은 모르겠는데 이제는 카일라스를 오체투지로 순례하는 사람이 적은 것 같다. 많이 줄어든 것인지, 아니면 내가 간 시기가 그런 것인지는 잘 모르겠다.

20여 일을 자벌레처럼 일어났다 굽히기를 반복하며 온몸으로 경전을 외우는 그들은 이 성산 카일라스를 거의 다 돌아가는 것이다. 이제 얼마 남지 않았다.

이 자벌레 순례자들은 자랑스러움이 온몸에 넘쳐난다. 왜 아니겠는가? 이 위대한 성지를 오로지 몸으로 길이를 재며, 몸으로 경전을 외우며 돌았으니. 당연하다. 그들은 존재만으로 위대하다. 이들은 도시의 순례자들, 그러니까 라사나 시가체의 오체투지 순례자들과는 달리 시주를 사양하는 편이다. 도시의 그들은 아예 배낭을 노골적으로 열어놓고 오체투지를 했었다. 거지 아이들은 오체투지를 동냥의 목적으로 이용했고, 어른들도 그런 사람이 많았다. 하지만 이곳에서 만난 몇 사람 되지 않는 그들은 사양을 했고, 많이 수줍어했고, 많이 고마워했다.

순례가 끝나는 지점이라 의복은 닳을 대로 닳았고, 앞치마와 손에 낀 장비, 모든 도구가 너덜너덜했다. 그러나 까맣게 탄 얼굴은 반짝이고, 이마에 찍힌 땅과의 만남 표시는 계급장처럼 빛이 난다. 눈빛은 하나같이 고요하고 그윽하고, 미소는 그럴 수 없이 아름답다. 세상에, 입성이 이렇게 남루한 사람들이 어떻게 이렇게 아름답게 보일 수 있는 것인지.

나도 오체투지 수행을 하면 저런 눈빛과 미소를 지니게 될까? 나도 내 몸에 걸친 이 기능성 아웃도어 다 벗어버리고, 행여 필요할지 몰라 이것저것 채워온 배낭 내려놓고, 스틱 팽개치고, 자벌레처럼 맨땅에 내 몸을 붙였다 일어섰다를 반복하고 싶다. 오로지 내 몸으로 카일라스 바깥 코라의 길이를 재고 싶다. 카일라스 바깥 코라의 길이가 53킬로미터라고 하니, 내가 온몸을 땅에 붙이고 팔을 최대한 뻗어서 2미터씩 잰다고 본다면 약 2만 6,500번 몸을 땅에 붙였다가 일어나기를 반복해야 한다.

아! 과연 나는 할 수 있을까? 게다가 이곳은 온갖 장애물이 있는 곳이다. 메마른 뻘 먼지 길, 자갈길, 돌길, 물길, 질척이는 진흙탕 길, 눈길, 빙판길, 이끼길, 똥길, 급경사길, 좁다란 외나무다리길…… 게다가 5,700미터 높이의 고개를 넘어야 한다. 생각만으로도 아득하고 까마득하다. 그런데도 어쩐 일인지 입에 달콤한 침이 고인다.

쌓아놓은 공덕이 부족해서 카일라스를 오체투지로 돌 수는 없지만, 생각만으로도 환희심이 든다. 나도 어느 생에서는 그렇게 할 수 있기를 기대해본다.

아래로 내려올수록 시냇물 수량이 많아지고 풀밭과 꽃길이 펼쳐졌다. 하지만 차로가 뚫려 있어서 가끔 굉음과 먼지구름을 일으키며 내달리는 괴물들을 피할 길이 없다. 누구를 위한 찻길인가?

주툴북 곰파 아래는 개점휴업 상태다. 오가는 사람이 없어 쓸쓸해 보인다. 사원도 마찬가지다. 하지만 이곳 역시 공사중인데, 공사는 중단되고 주변에 건축 자재만 어수선하게 늘려 있다.

곰파에 올라가니 승려가 아닌 관리인인 듯한 사람이 나와서 잠긴 법당 문을 열어준다. 법당 안은 '기적의 동굴'이라는, 밀라레빠의 전설이 서려 있는 동굴이다. 안내인이 시키는 대로 몸을 숙여 들어가본다. 어두컴컴한 동굴인데, 천장을 살펴보니 밀라레빠의 손자국과 머리 자국이라는 움푹 파인 홈들이 만져진다. 바위의 찬 기운이 온몸으로 관통한다. 바위는 수많은 사람들의 손길로 반질반질하다. 내 손길도 하나 보탠다.

이곳 사찰은 도시의 북적이는 것과는 다르게 사람이 거의 오지 않는 것 같다. 위대한 천년 부처님을 만난 후라 인공(?) 부처님에는 흥미를 못 느끼는 걸까? 괜히 쇠락해가는 절 풍경에 별 생각을 다 해보는 것이다.

빠른 진행으로 다르첸에 일찍 도착한다.

이제 막 순례를 끝내고 다르첸에서 우러러 올려다본 카일라스는 며칠 사이에 눈을 잔뜩 이고는 더 환한 표정으로 내려다보신다. 잘 했다고 칭찬하는 것 같다. 이제 당신의 제자로 받아주시겠다는 것인지, 표정이 아주 너그럽다.

정말 고맙습니다. 다시 한번 깊이 고개를 숙인다.

그러나 환하게 보여주는 모습도 잠시, 갑자기 비가 뿌리더니 금세 반짝 개었다가 천둥을 쳤다가 우박을 내렸다가 다시 맑기를 반복한다. 이제는 비가 와도 괜찮다. 신나게 비가 왔으면 좋겠다. 비가 와서 이곳 다르첸의 먼지를 다 씻어갔으면 싶다.

조금 느긋해진 몸과 마음으로 질척거리는 동네를 어슬렁려본다. 찻집에 들어가 여유 있게 차도 시켜 마시고, 기념품 가게를 들러 조잡한 기념품을 흥정도 해본다.

거리는 주로 잿빛이다. 전봇대에 매달린 펼쳐진 오성기만 붉은색이다.

* * *

우리가 세운 계획에 차질이 생겼다. 인 코라를 할 수 없게 되었다는 전갈이다.

카일라스 순례에는 두 가지가 있다. 산을 끼고 한 바퀴 도는 것을 아웃(Out) 코라라고 하고, 산 안으로 들어가 순례하는 것을 인(In) 코라라고 한다. 티베트 순례자들은 아웃 코라를 13번 해야 인 코라를 할 수 있다고 하지만, 요즘은 대부분 사람들이 한꺼번에 다 하고 가는 추세라고 한다. 우리도 아웃 코라 후에 인 코라를 할 예정이었다.

그런데 얼마 전, 아니면 몇 달 전에 영국인이 인 코라에 들어갔다가 돌아오지 않았다는 것이다. 이미 나온 것을 파악하지 못한 것인지 아니면 정말 실종된 것인지는 모르겠다. 그들은 실종으로 결론을 내린 듯하다. 아무튼 그래서 인 코라는 출입이 전면 통제되어버렸다. 아쉽지만 하는 수 없는 일이다. 안 그래도 잔뜩 민감한 지역인데 그런 사고까지 생겼으니, 그들로서는 어렵지 않게 폐쇄 결정을 내렸을 것이다. 우리로서는 어쩔 도리가 없다. 그곳은 정말 공안이 지키고 있을 것이다.

나로서는 인 코라를 가고 싶었지만, 가서 꼭 그곳의 풍광과 기운을 보고 느끼고 싶었지만, 하는 수 없다. 그곳은 또 얼마나 나를 사로잡을 것인가? 정말 그 상황이 아쉽지만 그 당시 나는 북벽에서의 감동이 아직 고스란히 남아 있어서 당장은 많이 애통하지는 않았다.

인 코라를 위해 비워둔 이틀의 여유가 생겼다. 나는 아웃 코라를 한 번 더 할 궁리를 해본다. 북벽을 다시 한 번 더 만나고 싶은 것이다. 실은 카일라스 어딘들 대단하지 않겠는가만, 그 모든 것 중 북벽만큼 나를 지배한 곳은 없었다. 그래서 한 번 더 만나고 싶은 것이다.

모든 것을 다 하고 왔다고 생각했는데도 자꾸 다시 그 감동을 느끼고 싶은 것일까? 뭔가 아쉽고 미진한 듯도 하고, 자꾸만 북벽이 나를 부르는 것 같아서 마음이 접어지지가 않는다. 이제 떠나면 언제 다시 만날 수 있을까 싶기도 하고, 어쩌면 다시 못 볼 수도 있겠다는 생각도 들기 때문이다. 무엇보다 중국 정부는 무슨 수를 써서라도 계속 개발이라는 명목으로 성지 주변을 파괴할 것이 뻔하고, 어쩌면 수년 내로 돌마라를 통과하는 차로를 내버릴 수도 있겠다는 생각에 더 절실한지도 모르겠다.

그러던 중에 희소식이 들려왔다. 한국의 어느 팀이 다음날 오후에 도착한다는 전갈이었다. 이곳은 외국인 단독으로는 움직일 수 없는 곳이기에 혼자는 엄두도 낼 수 없었는데, 한국 팀이 온다면 어쩌면 그 팀에 끼어서 한 번 더 갈 수 있을지도 모르겠다는 생각에 나 혼자 마음이 마구 설레었다.

어쩌면 다시 한번 더 만날 수도 있다는 생각에 신이 난 나는 혼자 상상으로 온갖 그림을 그린다. 고소 적응이 완전히 되어 있는 나는 그들보다 걸음을 빨리해서 북벽을 한 번 더 올라갔다가 내려올 수도 있고, 아니면 혼자 슬쩍 빠져서 북벽에서 밤을 보내고 다음날 일찍 내려와서 그들과 합류할 수도 있겠다. 나는 혼자 신이 났다.

이 눈치 저 눈치 보다가 기회를 봐서 가이드에게 슬쩍 의견을 물어보았다. 다음날 오는 그 팀 가이드는 자신의 삼촌이라고 했다. 가이드는 안 그래도 특별하게 구는 내가 카일라스를 한 번 더 돌겠다니 아연 질색하는 표정이 역력했다. 그러면서도 말로는 삼촌에게 이야기해보겠다고 했다. 그는 뭐 저런 사람이 다 있을까? 하는 표정을 감추지 않았다. 내가 그리 유별났나?

나는 그의 대답을 기다리며 다시 올라갈 준비를 하며 이번에는 북벽에서 무엇을 어떻게 할지, 지난번에 못했거나 꼭 해야 할 것을 생각했다. 그러고 보니 꼭 해야 할 것은 다시 없지만 그 감동을 다시 만나고 싶은 마음만 있었다.

어쨌거나 다시 만날 생각에 신이 나서 혼자 분주한데, 가이드가 찬물을 확 끼얹었다. 그의 말에 의하면 내일 오는 팀은 당나귀를 타고 순례한다는 것이다. 그 말인즉, 나는 함께 갈 수 없다는 뜻이었다. 나는 미련을 접는다. 할 수 없지 않은가? 당나귀를 타고 넘겠다는 사람들인데, 함께 가자고 해도 사양해야 마땅한 일이다. 나의 순례는 오체투지는 못하더라도 오직 걸어서 하는 것이다. 내 발로 걸으며 직접 보고 느끼고 감동하고 감사하고 힘겨워하고 숨 가빠 하는 것이다. 그렇지 않은 순례는 내겐 순례가 아니다.

장비가 부족하다는 그 팀 가이드를 위해서 아이젠을 남긴다. 나의 아이젠이 나 대신 카일라스 코라를 한 번 더 하는 셈인가? 갑자기 그 장비가 다 부러워지려고 한다.

카일라스는 그냥 산이라기보다 영혼의 성소, 신의 영역, 깨달음의 상징 등 여러 종교의 성지이다 보니 등반을 할 수가 없다. 그러므로 정상에 도달한 사람은 없다.

전설에 따르면 밀라레빠가 뵌교 사제 나로빈충과 카일라스로 먼저 오르기 시합을 했다고 한다. 나로빈충은 자신의 북을 타고 기세 좋게 날아 올라갔으나 정상에는 도달하지 못했고, 밀라레빠는 뒤늦게 출발해서 구름을 타고 가서 정상에 도달했다는 것이다. 하지만 그것은 어디까지나 전설이고, 실제로는 1926년 영국 탐험가인 휴러틀리지라는 사람이 윌슨 대령, 셀파 체텐 등과 등정을 시도했으나 실패했고, 1936년 오스트리아인인 허브트 티치라는 사람이 등정을 시도했으나 오직 죄 없는 사람만이 정상을 오를 수 있다고 종교인들이 만류해서 포기했다고 한다.

1980년대 중반에 라인홀트 메스너가 중국 정부에서 등반을 허용받았다가 스스로 사양했다고 한다. 그 이후 2001년에 스페인 팀에게 중국 정부가 등반 허가를 했으나, 힌두교도와 불교도들의 반대로 불허했다고 전해진다.

다행한 일이다.

오르는 것만 목적인 사람은 당연히 올라가보고 싶을 것이다. 나도 한때 등반가로, 그들의 마음을 모르는 바 아니다. 그러나 성지는 성지로 남겨두어야 한다. 물론 나는 올라갈 수도 없겠지만 올라가고 싶은 마음은 추호도 없다. 그냥 우러러 올려다보며 산돌이 하는 것만으로도 충분히 만족하고 감사해한다.

이제 이곳 카일라스는 돌마라 주변만 제외하고 양쪽으로 차로가 뚫려 있다. 거의 5,200미터 이상까지는 이미 뚫려 있고, 앞으로도 계속 뚫을 것이다. 실제로 중국 정부에서는 돌마라를 관통하는 길을 뚫으려고 했는데 이 또한 힌두교도와 불교 신자들의 반대로 못하고 있다고 한다.

생각만 해도 끔찍한 일이다. 시끄러운 중국인들이, 관광객이 단체로 차를 타고 와서 경건한 마음 없이 그저 사진 찍고 쓰레기 버리고 간다면? 중국 정부에서는 바라는 바이겠지만 그것은 절대로 안 된다. 중국 정부의 심산은, 일본이 우리의 성산 백두산을 우리의 마음에서 지워버리고 싶어했던 것과 같다. 일본은 산의 기운을 꺾겠다고 전국의 산에 쇠말뚝을 박았고, 우리의 고유 산줄기인 백두대간을 지워버리고 산맥 체계(산맥이란 땅 밑의 지질구조 선을 기준으로 땅 위의 산을 분류한 것으로, 실제 지형이나 생활 영역과는 일치하지 않는다)를 도입하면서 백두대간을 다섯 토막으로 잘라놓았다. 그 모든 것이 우리의 성산인 백두산을 우리의 마음속에서 지워버리려는 의도에서였다. 침략자들은 두려운 것이다. 전 국민이 한마음으로 섬기는 대상이 두려운 것이다. 일본은 백두산이 두려웠고, 중국은 카일라스가 두려운 것이다.

카일라스로 향했던 마음을 접고 일행들과 합류해서 구게 왕국으로 가기로 한다.

구게 왕국 유적지는 이곳 카일라스를 지나 서부로 260여 킬로미터 더 깊이 들어가야 한다. 구게 왕국은 토번국의 왕족들이 고원의 서부 깊숙이 들어와서 세운 불교 왕국으로, 9세기부터 700여 년이나 서부 티베트를 다스렸다고 알려져 있다. 이미 카일라스로 가득 차버린 나는 굳이 가고 싶은 마음이 나지 않았지만, 일정도 남아 있고 또 일행이 간다고 하니 굳이 따라나서지 않을 이유는 없었다.

구게 왕국으로 가는 길은 완전 동토로, 그동안 오면서 봐왔던 풍광들보다 훨씬 삭막했다. 지구의 한 부분이 아닌 어느 외계 행성에 온 듯한 느낌이다. 나무는커녕 풀조차 자라지 않는 곳이라, 유목민이나 양치기를 볼 수 없었고, 다른 짐승들도 보이지 않는다.

그들을 찾아보겠다고 고개를 사방으로 돌려보지만 보이는 것이라고는 끝없는 토림과 그 삭막함을 더 보태는 전봇대뿐. 어찌 된 일인지 길을 잘 뚫려 있다. 포장도 잘 되어 있다.

중국 정부는 이 오지에도 무엇인가 수탈할 것이 있어서 길을 뚫었을까? 이 길을 계속 따라가면 아마도 실크로드의 기점들인 카스와 우루무치가 나오리라. 만화에서나 봤던 혹성의 지형 같은 곳을 지나고 생명력이 전혀 없어 보이는 토림은 끝도 없이 펼쳐져 있다.

카일라스로 오는 길은 아무리 멀어도, 아무리 오랫동안 차 안에 있어도 피곤한 줄 몰랐는데, 이 길 위에서는 몸이 뒤틀릴 지경으로 재미도 없고 기대감도 없다. 자다라는 곳에 이르자 사람들이 보인다. 식당도 있고 가게도 있다. 사람이 사는 동네인 것이다.

이 곳은 국경 지대로, 정치적으로 민감한 곳이라고 한다. 군인들의 모습이 자주 눈에 띄고 그들의 훈련 받는 소리가 가까이서 들린다. 길옆 상점 거리에는 아주 야한 옷을 입은 여자들이 짙은 화장을 하고 길거리에서 서성거린다. 필경 밤의 여인들

구게 왕국 유적지는 폐허나 다름없다. 문화재라기보다 버려진 동네로 방치되어 있는 느낌이다. 물론 내 나라 역사도 잘 모르면서 남의 나라 역사에 대해 말할 입장도 아니고 할 필요도 없다. 그냥 오래된 폐허에 와서 별다른 느낌을 구하지 못하니 괜히 트집을 잡아보는 것이다. 그나마 아직 남아 있는 석굴의 벽화는 선명한 색으로 아름다움을 간직하고 있다.

일 터다. 살벌한 기운과 어울릴 듯 말 듯한 풍경이다.

원래 우리의 계획은 이곳에서 더 가서 다음 동네에서 묵어가기로 했는데, 그 동네는 외국인은 머물 수 없다고 못 가게 막는다고 했다. 하는 수 없이 우리는 그들이 정해준 그곳 숙소에서 묵을 수밖에 없었다. 중국은 뭐가 그렇게 두려운 걸까?

이제 순례가 끝났다고 마음을 조금 느슨하게 먹는다. 여행 후 처음으로 밤에 거리로 나갔다. 그동안에 봐 왔던 티베트인과는 다르게 생긴 우루무치 사람이 경영하는 식당에 가서 양 꼬치에 맥주 한 잔의 여유를 부려본다. 오늘 아침에 떠나온 곳이 까마득하게 느껴진다.

다음날 구게 왕국 유적지를 향해 동토를 달리고 달렸다. 그곳에 도착해 보니 폐허가 되어버린 오래된 왕국은 볼품이 없었다. 역사와 전설에 비해 너무 초라하고 삭막해 보였는데, 역시 문화혁명 때 일부 남은 유적까지 모조리 파괴되어버렸다고 한다. 그나마 벽화가 남아 있는데, 인도에서조차 사라진 탄트라 불교의 진수가 고스란히 배인 석굴과 벽화가 남아 있는 것이 다행이라면 다행일까?

뙤약볕을 고스란히 받으며 좁은 흙계단을 오르며 보이는 것들은 문화재라기보다 버려진 동네가 방치되어 있는 느낌이다. 토굴 곳곳에 쓰레기가 쌓여 있고, 낙서도 있음은 물론 토굴의 순서를 알리는 숫자는 페인트로 칠해져 있다. 아래 토굴들은 매우 좁고 낮아서 사람이 서서는 운신을 할 수 없을 정도다. 그곳에서 사람이 살았다는 증거로 불을 땐 흔적이 있다. 무언가를 끓여 먹었을 자국이 검게 남아 있다.

그러나 위로 올라갈수록 토굴은 넓어졌다. 아마 계급이 높을수록 더 위에서 살았을 것이다. 가장 위에는 왕이나 왕족이 살았을 곳으로, 아주 넓고 전망도 좋다. 시설도 아주 좋았을 것이다. 우물도 있었다고 하고, 목욕 시설도 있었다고 한다. 그들이 그 꼭대기에서 편리하게 살려면 아래에서 사는 민중은 얼마나 고달팠을까?

그 위까지 물을 길어 날랐을 것이고 그 밖에 모든 생필품을 져 날랐을 것이다. 그들이 먹을 식량을 져 날랐을 것이고 그들의 대소변은 져 내려갔을 것이다. 농사를 지어서 지고 올라왔을 것이고, 땔감을 해서 지고 올라왔을 것이다. 그 흙으로만 지어진 성에서는 모든 것이 가장 아래서부터 올라와야만 하는 것이다. 그 척박한 곳에서 무엇인들 넉넉했겠는가? 괜히 민중들의 노고가 그려져서 울분이 생긴다. 어쩌면 당시 그들은 그 일들이 전혀 힘들지 않고 또 당연한 일로 생각하며 살았겠으나, 현 시점의 입장에서 본다면 말이 안 되는 것이다.

물론 내 나라 역사도 잘 모르면서 남의 나라 역사를 가지고 말할 입장도 아니고 할 필요도 없다. 별로 관심이 없고 공부를 하고 오지 않아서 알지도 못하는 오래된 폐허에 와서 느끼는 것이 없으니 괜히 트집을 잡아보는 것이다. 그나마 아직 남아 있는 석굴의 벽화는 선명한 색을 유지하며 아름답다.

그곳에는 현지인은 없었고, 유럽인 몇 명에 중국 관광객 몇 명이 고작이다. 현지인은 성지가 아닌 이곳에 올 이유가 없는 것이다. 한낮의 더위 탓인지, 아니면 폐허의 쓸쓸함 탓인지, 모두 표정이 허탈해 보인다. 관리가 잘 안 되는 탓에 지금도 파괴가 이루어지는 것 같다.

지난날의 구게 왕국 사진집이라도 있을까 해서 기념품 가게에 가보니, 초라하기 그지없다. 생수 몇 병에 모자 몇 개, 손수건 몇 장, 빛바랜 사진 몇 장이 고작이다. 장사꾼도 아예 장사할 생각이 없는지 그냥 늘어져 있다.

이런 모습을 보자고 그 먼 길을 달려온 것이 억울하다. 나만의 생각이지만 그 시간에 차라리 카일라스나 마나사로바 주변에서 시간을 보내는 것이 훨씬 더 좋았겠다는 생각이다. 비록 코라를 다시 돌지는 못할지라도 그냥 바라만 보고 있어도 좋았을 텐데 하는 아쉬움.

돌아오는 길에 다시 카일라스를 눈으로나마 만난다.

그를 보는 순간 또다시 가슴이 뛰고 온몸에 힘이 빠지고 숨이 잘 쉬어지지가 않고 콩당콩당 두근두근 어쩔 줄을 모르겠다. 사랑에 빠진 나는 헤어날 수가 없다. 눈을 뗄 수가 없고, 눈앞에 있어도 보고 싶고, 자꾸자꾸 아쉽고, 그를 두고 떠나야 하는 것이 서럽다. 정말 그래도 된다면 한철 그만 바라보며 살고 싶다.

하지만 나를 태운 야속한 차는 잠시의 멈춤조차 없이 앞으로 내달린다. 차가 나아갈수록 그는 뒤로 밀리고 내 고개 또한 그를 향해 돌아간다. 목이 빠져라, 눈이 빠져라, 쳐다볼 뿐이다.

저녁때 허얼이라는 동네에 도착해서 모처럼 연변 사람이 운영하는 식당에서 된장찌개를 먹었다. 역시 된장은 명품 요리다. 그릇 바닥까지 긁어가며 맛있게 먹었다. 그곳 식당에는 사복 중국 경찰이 있었는데, 명분은 사업을 잘되게 도와주고 그곳 장사하는 사람들의 친목도 도우러 왔다고 했지만, 다분히 감시하러 온 것이 분명했다. 연변족 식당을 이렇게 감시할 정도면 티베트 식당은 어떻겠는가? 안 봐도 뻔하다.

숙소는 허름했고, 다시 단장을 한다고 칠한 페인트 냄새가 몹시 역겹다. 물론 화장실은 없다. 그러나 말이 통하는 주인은 그나마 친절하다. 그로서도 반가웠을 것이다. 돈을 벌겠다고 멀고도 먼 이곳까지 오기는 했는데 많이 외롭고 막막한 날들의 연속일 것이다.

이곳은 우기인지, 밤에 또 비가 왔다. 우리야 순례를 끝냈지만, 카일라스 순례객들은 어찌하고 있을지 걱정 아닌 걱정도 해본다.

일정이 조금 남았기에 우리는 각자 휴가를 갖기로 했다. 빨래를 한다며 숙소에 남은 사람도 있고, 나는 마나사로바에 다시 다녀오기로 했다. 마나사로바 삼일째 야영을 한 곳인 랑포나 곰파 아래 호숫가에서 하루를 보내기로 하고 다시 통행료를 내고 호수로 향한다.

아침에는 빗방울이 제법 굵었는데, 우리가 캠프에 도착할 때는 그쳤다. 다행이다. 그때는 미처 몰랐다. 내가 이곳을 다시 와서 야영을 하리라는 것을. 그때 캠프파이어를 하려고 모아둔 검불을 다시 와서 사용하게 될 줄이야. 정말 바닷가에 휴가 온 것처럼 느긋하다.

이곳은 나와는 인연이 깊은지, 티베트에 와서 보낸 시간 중 가장 오랜 시간을 보낸 곳이다. 마나사로바 순례객이 거의 오지 않는 곳이기도 해서, 오전에 중국인 한 명이 지나갔고 오후에는 티베트 사람 세 명과 힌두교도들이 탔을 차 한 대가 지나간 게 전부다. 파도 소리만 들릴 뿐 조용하고 한가롭다.

호수를 향해 결가부좌로 앉으니 감사함이 가득 몰려온다.

이번 순례는 내 생애의 최고의 날들이었다.

모든 도와준 사람들, 이곳에 함께 온 사람들, 나를 받아준 카일라스, 그리고 내 앞에 끝없이 펼쳐져 있는 마나사로바, 그리고 지금 여기 이곳에서 숨 쉬고 있는 나 자신을 포함해서, 모두에게 고마움을 전한다.

이제 돌아갈 일만 남겨두고 이런 시간을 보내는 것이 좋다. 지난 시간을 돌아볼 수 있기 때문이다.

그리고 발원한다. 다시 한 번 올 수 있기를 간절히 기원한다. 그때는 더 철저히 준비하고 공부를 해서 올 것이다. 더 경건하리라. 무엇보다 중국이 더 파괴하기 전에 와야 할 텐데, 과연 그럴 수 있을지 의문이다.

비가 그친 후라 약간 쌀쌀하기도 하고, 지난번에 모아둔 검불도 있고 해서, 텐트 주변에서 불장난을 했다. 검불이지만 비에 젖어 있어서 단번에 호로록 타지는 않아서, 한동안 불놀이를 할 수 있었다.

오후에는 햇볕이 나와서 모래찜질도 하고 호수에 몸을 담그기도 하며 한가한 시간을 보냈다. 내리쬐는 햇볕에 사막의 모래는 금방 달궈져서 맨발로 딛기 어려워졌다. 나는 본격적인 모래찜질을 하기 위해 모래를 깊숙이 파냈다. 내 몸이 들어가고도 남을 만큼의 공간을 만들고 그 안에 들어갔다. 언젠가 기회가 되면 꼭 해보고 싶었던 일이었다.

내가 들은 바로, 또는 읽은 바로, 인간의 몸에 있는 탁기를 제거하기에 이만한 방법은 없다는 것이었다. 그런데 내가 이 곳에서, 이 성스러운 마나사로바 호숫가에서 이런 의식을 하게 될 줄은 몰랐다. 마나사로바께서 허락한 일일 것이다.

『무탄트 메시지』라는 책을 좋아해서 여러 번 읽고는 했는데 간단하게 소개하면 이렇다. 자연 치료법을 전공하고 호주에서 의료 활동을 하던 미국 출신의 백인 여의사 말로 모건은 어느 날 사막에서 열리는 한 원주민 집회에 초대를 받는다. 그는 한껏 기분이 좋아져서 기꺼이 그 모임에 참가하기로 한다. 그들의 초대는 곧 그의 성공을 말해주는 것이라고 해석했기 때문이다.

그녀는 한껏 차려입었다. 질 좋은 양장에 명품 구두, 멋진 가방, 다이아몬드가 박힌 시계 등등 그가 꾸밀 수 있는 최대한으로 꾸미고 그들의 초대에 응했다. 하지만 그가 사막에 도착하자마자 가장 먼저 한 것은 그 모든 것을 벗고 끌러서 모닥불에 넣는 것이었다. 그리고 자신의 의지와는 상관없이 예순두 명의 원주민과 함께 걸어서 넉 달 동안 호주 대사막을 횡단하는 여행을 하게 된다.

그를 초대한 부족은 호주 원주민 부족 중의 하나인 우둔제리 부족으로, 그들 스스로는 "참사람 부족"이라 일컫는다. 그들은 문명인을 가리켜 "무탄트"라고 부른다. 무탄트는 돌연변이라는 뜻을 가지고 있다고 한다. 기본 구조에 중요한 변화가 일어나 본래의 모습을 상실한 존재를 의미한다. 그들 원주민들은 자연 속에서 함께 살아가는 생명체들인 동물, 나무, 풀, 구불거리는 샛강, 심지어는 바위와 공기조차도 우리와 한 형제이며 누이라고 믿고 있다고 한다. 그런데 문명이라는 돌개바람이 몰려와 어머니 대지를 파헤치고, 강을 더럽히고, 나무를 쓰러뜨렸다. 원주민들은 그런 문명인들을 보며 절망했을 것이다.

과학자들은 호주 원주민이 적어도 5만 년 이상 그곳에서 살아왔으리라고 추측한다. 그 오랜 세월 동안 그들은 어떤 숲도 파괴하지 않고, 어떤 강물도 더럽히지 않고, 어떤 동식물도 멸종위기에 빠뜨리지 않고, 어떤 오염 물질도 자연 속에 내놓지 않으면서, 풍부한 식량과 안식처를 얻을 수 있었다는 것은 놀라운 일이 아닐 수 없다.

그들은 창조적이고 건강한 삶을 오래도록 산 뒤 영적으로 충만한 상태에서 이 세상을 떠났다고 한다. 백인들과 타협하지 않은 마지막 원주민 집단으로 알려진 참사람 부족은 걸어서 호주 대륙을 횡단하는 것으로 유명하다.

자연 치료법을 전공한 백인 여의사 말로 모건은 이 참사람 부족이 엄선한 무탄트 메신저로 선택되었다. 참사람 부족은 이제 이 사막을, 이 지구를 떠나려고 한다. 지구는 더이상 자신들이 살 수 있는 곳이 아니라고 판단했기 때문이다. 지구의 온난화로 비는 점점 더 줄어들어가고 사막의 기온은 점점 더 올라가기 때문이다. 동물과 식물은 점점 더 번식을 줄이고 있어서 곧 마실 물도 식량도 구할 수 없게 된다고 보는 것이다. 그래서 더는 자손을 낳지 않고 스스로 멸종을 선택한 것이다. 이미 우주의 명령을 받았다는 것이다. 그들은 완전히 멸종되기 전에 무탄트 중 자신들의 메시지를 가장 잘 전할 사람인 말로 모건을 선택해서 강력한 메시지를 전달한 것이다.

말로 모건은 넉 달 동안 그들과 함께 걸으며 문명인이 얼마나 잘못 살고 있는지를 몸으로 알아간다. 그들과 함께 지낸 지 몇 주가 지났을 때, 그는 조금 용기가 생겨서 가끔 일행과 떨어져 혼자 걷고는 했다. 그럴 때마다 수많은 눈들이 주위에서 그를 노려보고 있는 것을 느낄 수 있었다고 한다. 밤이 깊을수록 그 눈들이 더욱 커졌다.

마침내 그를 노려보는 형체가 분명해졌을 때 그는 그 정체를 알 수 있었다. 바로 야생 딩고들이었다. 딩고란 들개의 일종이라고 한다. 사나운 야생 딩고가 일행을 따라오고 있었던 것이다. 너무나 무섭고 놀라워했지만, 참사람 부족 사람들은 차분하게 결론을 내려주었다.

그것은 냄새 때문이었다. 야생 딩고는 이 부족 일행이 썩은 고기덩어리를 끌고 가는 줄 알고 침을 질질 흘리며 계속 따라온다는 것이었다. 딩고 떼는 그 냄새 때문에 미칠 지경이라는 것이다.

말로 모건 자신도 본인의 몸에서는 정말 썩은 고기 냄새가 난다는 것을 알고 있었다. 함께 걷는 원주민의 표정에서도 그 사실을 읽을 수 있었다. 그 냄새는 씻지 못해서 나는 냄새가 아니라 오십여 년을 '문명인'으로 살면서 그동안 비축된 지방질이 연소되고 있기 때문이기도 하고, 그동안 살아오면서 먹은 온갖 잡식으로 인한 것이었을 터다. 나도 그 냄새의 본질을 조금 알고 있다.

해결 방법이 없는 것은 아니었다. 다음날 해가 중천에 떠올랐을 때 모두 힘을 합쳐서 땅에 구덩이를 파고 그는 구덩이 안에 들어갔다. 그러자 사람들이 모래로 몸을 완전히 덮었다. 얼굴만 밖으로 내놓은 상태였다. 손가락 하나 움직일 수 없는 상태로 땅속에 파묻혀 있는 것이다. 기분이 묘했을 것이다. 처음에는 벌레나 뱀이 오지 않을까, 저들이 나를 두고 가버리면 꼼짝없이 백골이 되겠구나, 별별 번뇌 망상이 오고 갔지만, 어느 순간 마음이 편안해졌다. 그러자 눈을 감고 자신의 몸에 독소를 제거하고 땅에서 건강하고 신선하며 몸을 청결하게 해주는 요소를 흡수하는 일에 정신을 집중한다.

그러니까 시간도 빨리 지나가서 약 두 시간을 땅속에 누워 있다가 나왔다. 그 방법은 정말로 효과가 있었다고 한다. 그동안 몸에서 나던 고약한 냄새는 더는 나지 않았다. 땅이 고약한 그의 독소를 가지고 가서 정화를 시킬 것이다. 나는 그 말을 믿는다. 땅의 정화의 힘이란 대단하다는 것을 알기 때문이다.

비슷한 이야기로, 이런 이야기를 들은 적이 있다. 우리나라 사람이라고 하는데, 암에 걸려서 고생하다가 땅에 몸을 묻고 있으면 치료가 된다는 말을 듣고 자신의 과수원 옆을 포크레인으로 파고 들어가서 하루 종일 있었더니 병이 나았다고 한다. 대신 주변의 과수들이 병이 들어 죽었다고 하는데, 건네 들은 이야기라 증명을 할 수는 없지만 땅은, 특히 청정한 땅은 충분히 그럴 수 있으리라고 본다.

마나사로바 한옆의 구덩이에 들어가 눕고는 몸 위로 모래를 덮어서 완전 얼굴만 밖에 나오게 했다. 햇볕에 노출된 모래는 뜨거웠지만, 구덩이 안은 찬기가 있어서 한동안 체온으로 모래를 데워야 했다. 다시 일어나 뜨거운 모래로 깔고 싶지만 다시 일어날 수 없어서 그냥 버티며 내 체온으로 모래를 데우기로 했다. 꽃나가 우산으로 내 얼굴을 가리고 시간에 따라 우산의 방향을 옮겨주었다.

마나사로바의 파도 소리를 자장가 삼아 설핏 잠에 빠져들기도 하고, 이번 순례의 의미를 생각해보기도 하고, 지금 카일라스는 어떤 표정으로 있을지를 상상해보기도 하고, 나를 품안에 넣고 있는 마나사로바는 무슨 마음으로 나를 받아줄 마음이 생겼을까도 생각해보았다. 다시 가기로 약속한 유목민은 나를 기다리고 있을지를 생각해보기도 하고, 지금 한국에는 무슨 일이 있을까 잠시 궁금해하기도 하고, 고마운 이들의 이름을 한 명 한 명 불러보기도 하고, 끼룩끼룩 자신의 이름을 부르며 날아가는 새 소리도 들으며 무슨 새일지 궁금해하기도 했다. 그냥 숫자를 세기도 하고, 구름이 동동 떠 있는 하늘을 쳐다보기도 하고, 구름라만다타 봉을 바라보기도 하며 땅속에 묻혀서 신비한 호사를 누렸다.

우주의 자궁에 들어와 누워서 나는 우주의 태아처럼 가만히 숨을 쉬며 벅찬 환희를 느낀다. 우주의 어머니 품의 근원인 그의 자궁은 참으로 편안하고 아늑하다. 어머니 마나사로바는 이제 괜찮다고 나를 위로했다. 어머니 마나사로바는 나의 몸을 치료했고, 내 마음을 가만가만 치유했다.

감동의 눈물이 볼을 따라 내려온다. 손을 쓸 수 없으니 내려오는 눈물은 바람이 말려준다. 이 무슨 호사란 말인가? 나를 품안에, 몸 속에 받아준 어머니 마나사로바에 깊이 감사를 드린다. 그동안 쌓인 내 몸의 탁기와 병기는 모든 것을 받아들이는 어머니께서 가지고 가셨다. 우주의 어머니는 나의 탁기를 받아서 정화시켜 좋은 기운으로 만들어서 다시 세상으로 내보낼 것이다.

세 시간여 나는 어머니 자궁에 누워 있었다. 몸은 꼼짝도 않고 생각만 오갔는데, 몸은 날아갈 듯이 개운하다. 신기하고도 멋진 경험이다. 또한 나는 참 복이 많은 사람이라는 생각이 든다. 과연 이 세상에 누가 이만 한 초대를 받을 수 있었겠는가?

과연 있기나 한가? 일정이 남은 것은 무슨 각본에 짜인 것처럼 생각된다. 그냥 일정대로 운행했다면 어떻게 이곳에서 이런 시간을 보낼 수 있었겠는가?

다소 시간이 늦어져서 구덩이에서 나오자 약간 추웠다. 얼른 어머니 품에 들듯이 호수에 몸을 담근다. 물은 미지근하다. 갓난아기처럼 아주 깨벗고 엄마 품을 자유자재로 들고 난다. 내 생애에 이렇게 완벽한 쉼은 이것이 처음일 것이다. 앞으로도 이만 한 시간은 만나기 어려울 것이다.

그럴지라도 다음을 기약한다. 꼭 다시 와서 그때는 내가 하고 싶은 것을 전부 할 것이다. 카일라스 북벽 아래서 하룻밤을 보낼 것이고, 마나사로바 코라를 아주 천천히 할 것이고, 이곳에서 또 오늘처럼 어머니 품을 들락거릴 것이다.

꿈같은 시간이 지났다. 이제는 카일라스와 마나사로바와 이별을 해야 할 시간이다. 호수도 이별이 아쉬운가? 쪽빛이었던 호수가 검은색으로 변했다. 카일라스 또한 구름에 가려져서 온전한 모습을 보여주지 않는다. 이제 설렘은 아쉬움으로 바뀌고, 돌아보고 또 돌아보고 보이지 않아도 돌아보며 멀어진다. 다시 만날 것을 약속하며 그렇게 헤어진다.

라사로 돌아오는 길은 멀고도 멀었다.

먼 길을 차 안에서 보내며 올 때와 마찬가지로 한순간도 졸 수가 없었다. 차창으로 지나가는 풍경이 아까웠기 때문이다. 산과 들, 하늘, 구름, 강, 그리고 유목민의 움막, 야크와 양떼들, 언덕이나 강가에서 펄럭이는 타르초, 그 어느 것 하나 놓치고 싶지 않았기 때문이다. 언제 다시 만날지 기약이 없기 때문이다.

사가라는 동네는 국경이 가까워서인지, 경비가 더 삼엄하고 군인이 눈에 자주 띈다. 또한 인도 순례객들이 거쳐가는 곳으로, 제법 큰 도시 같고 흥성스럽다. 기존의 숙소도 많고, 큰 가게가 곳곳에 있다. 그럼에도 불구하고 공사 중인 곳이 많다. 앞으로 몰려올 관광객을 위해 준비하는 것이겠다. 온통 회색 시멘트로 지어지는 건물들을 보자니 마음이 불편했다.

그리고 유목민 천막 대신 푸른색 간이 건물 같은 작은 집들이 무슨 수용소처럼 나란히 지어져 있었다. 특이하게도 지붕에는 큼지막한 글씨로 정부 지원이라고 새겨져 있었다. 지난 2015년 네팔 지역 지진 때 그곳과 별로 많이 떨어져 있지 않은 이곳에도 피해가 있었고 사상자도 나왔다고 들었는데, 아마 그때 정부 지원이 있었던 모양이다. 새로 지어진 집에 사는 티베트 사람들은 조금 편리해지기는 했겠으나 정부 지원이라는 것을 저리도 과시해야만 했을까? 나는 왜 중국 정부가 하는 일마다 불편한지 모르겠다. 나만 그런가?

길이 멀기는 멀다. 올 때는 미처 느끼지 못했다. 가야 할 곳이 있다는 생각, 가서 우러를 대상이 있다는 생각 때문이었을 것이다. 꽃도 나무도 없는 동토에 있다가, 꽃이 보이고 나무도 보이고 알록달록한 조명도 보이니까, 이제 정말 세속으로 돌아왔다는 느낌이다.

극 서부로 가는 잘 포장된 도로 위로는 과적 차량들이 건축자재임이 분명한 무언가를 싣고 서쪽으로 서쪽으로 소리소리 지르며 내달리고 있다. 문명이라는 이름의 자본이 사람의 편의 또는 필요라는 명분으로 자연을 파괴하며 지구의 극오지인 서부 티베트를 잠식하고 있다. 도시에 가까워올수록 신축 건물 공사는 더 많이 진행되고 있다.

밤에 비가 엄청 쏟아졌다. 하수 시설이 부족해서인지, 미처 하수구를 찾지 못한 물이 도로 위로 범람했다. 가이드를 따돌린 우리는 물을 질퍽질퍽 건너며 티베트 식당을 찾아 들어갔다.

이제는 거의 중국화된 티베트 식당에서 멋모르고 이것저것 시켜 먹는다. 순례가 끝났다고 마음이 자유로워진 듯하다.

시가체에서 라사로 오는 길은 그동안의 길 중 가장 위험해 보였다. 성산으로 갈 때는 몰랐는데, 아마 다른 길인가? 그동안의 편안한 평원이나 구릉을 넘는 길은 어디 가고, 절벽과 강 사이 아슬아슬한 구간이 많다. 풍광도 그동안의 편안함과는 다소 차이가 나는, 위협적인 곳이 많다. 그나마 갈 때는 피지 않았던 유채꽃이 피었고, 초록의 세상이 펼쳐졌다. 오랜만에 눈이 시원하다. 밭에는 보리가 초록으로 펼쳐져 있고, 제법 큰 나무들이 있어 사람 사는 곳임을 알려준다.

가이드 말로는 티베트의 도시에서 사업을 하는 모든 업체는 의무적으로 나무를 심어 가꿔야 한다고 한다. 일정한 곳을 정해서 나무를 심고 물주며 가꾸는데, 만약 나무가 죽으면 다시 심어서 관리를 해야 한다는 것이다. 참 다행한 일이다. 중국 정부가 드물게 좋은 일도 한다. 다소 강제성이 있더라도 그들이 나무를 심고 가꾼다면 점점 더 빨라지는 사막화를 늦출 수 있을 것이다. 그래야만 사람도 살고, 동물도 살 수 있을 것이다. 실제로 길 주변에는 막 나무를 심어 물을 준 곳을 자주 만났다. 나무들이 자라서 울창해지면 티베트는 훨씬 더 숨쉬기 좋은 곳이 될 것이다.

모처럼 차 안에서 졸다 깨다를 반복했다. 더는 눈 부릅뜨고 봐야 할 것이 없었다. 그동안 한 달여 우리와 함께한 중국인 운전기사는 라사에 가까워올수록 기분이 좋은지 콧노래를 흥얼거린다. 왜 아니겠는가? 돈을 번다고는 하나, 말도 통하지 않는 외국 사람들과 한 달이나 바깥에서 살다가 집으로 돌아가는 것이다. 일이 끝났다는 것에, 가족을 곧 만날 수 있다는 것에, 무엇보다 돈을 벌었다는 것에, 그는 기분이 좋은 것이다.

우리는 그의 부인을 위해서 비누와 치약을 선물했다. 그는 우리를 처음 만났을 때는 중국 공안 요원처럼 굴었다. 실제로 그는 차에 우리를 감시하는 카메라가 항상 돌아가고 있고 우리의 말도 녹음이 된다고 했다. 내가 수시로 중국 정부를 욕하면 가이드는 죽을 맛이라는 듯한 인상을 썼다. 그것이 알려지면 자기는 쥐도 새도 모르게 끌려가서 죽도록 맞고 일도 하지 못할 거라고 울상을 지었다. 다소 과장이 있었겠지만, 감시를 하는 것은 사실이었을 것이다. 그러거나 말거나 나는 수시로 중국을 성토했지만 말이다.

무표정한 공안 요원 같았던 운전기사의 얼굴에 웃음이 피어나고, 그것을 보는 우리도 기분이 좋아져서 그동안 너무 수고했다고, 운전을 정말 잘한다고 치켜세우며 엄지를 척 올려주었다. 그러자 기분이 아주 좋아진 그는 우리의 이름을 서툰 발음으로 하나하나 불러주었다. 그가 우리에게 고마움을 표시하는 다른 표현이겠다.

이제 우리의 일정도 끝났다. 성산으로 가는 동안 내내 설레었고, 성호와 성산을 걷는 동안 내내 벅차올랐고, 성산을 남겨두고 돌아오는 내내 아쉬웠다. 성지를 관광지화하려는 의도를 보며 분노했고, 파헤쳐지는 자연을 보며 가슴 아파했다. 오지까지 철저히 자기화하려는 중국 정부의 행태가 무서웠고, 작은 시골 마을에서조차 집집이 지붕 가운데로 오성기가 꽂혀 있어서 슬펐다.

도시에는 아예 대놓고 붉은색 일색이다. 여기가 티베트인지 중국의 한 도시인지 분간하기 어렵게 되어버렸다. 사찰 주변이나 가야 겨우 티베트 복색의 사람들을 만날 수 있었고, 오체투지를 하는 사람을 만날 수 있었고, 마니차를 돌리는 사람을 만날 수 있었다. 슬픈 현실이다. 티베트가 하루빨리 독립을 해서 자유로운, 티베트다운, 티베트만의 방식을 지키며 살 수 있기를 기원한다. 달라이 라마께서 본국 티베트로 돌아와서 그들의 민중을 만날 수 있기를 기원한다.

뒷이야기

십수 년 전, 친구 지우네 집에서 사진 한 장을 보았다. 친구는 꿈꾸는 듯한 표정으로 저 곳에 갈 거라며, 함께 가자고 했다.

그곳은 카일라스라는 산으로, 서부 티베트에 있는 성스러운 산이라고 했다. 불교에서 말하는 수미산이 이 산이라고 했다. 나는 그 당시는 별 감흥이 없었다. 산 모양은 히말라야 어느 봉우리 중 하나로 보였다. 나중에 알고 보니 그 사진은 카일라스가 아니었다. 아마 그는 잘못 알고 있었을 것이다. 그때 진짜 카일라스 사진을 처음 봤다면 아무런 감흥이 없을 수가 없었겠다는 생각이다. 어쨌든 그때 카일라스라는 말을 처음 들었을 것이다.

카일라스. 카일라스. 카일라스.

그는 나를 만나면 종종 카일라스에 가자고 권했다. 그래서 카일라스를 검색해보게 되었다. 자료로 본 카일라스는 그의 집에서 본 사진과는 달리 나의 시선을 사로잡았다.

피라미드 모양의 한 덩어리로 이루어진 산이 나를 전율시켰다.

사진에 따라 온통 검은 바위로만 이루어진 것도 있고, 눈에 덮여 흰빛으로 빛나는 모습도 있었다. 석양을 받아 붉게 물든 삼각뿔의 산은 그냥 산이라기보다 신적인 대상으로 보였다.

세상에 이런 산이 있다니, 세상에 이런 곳도 있다니. 현실이 아닌 다른 세상을 만난 것 같았다. 나뿐만 아니라 누구의 마음이라도 사로잡을 것이다. 그만큼 강렬한 느낌이다.

그때부터 시간이 나면 자료를 검색해보고 책을 사보며 그곳에 대한 나름의 공부를 했다. 언젠가는 꼭 가야겠다고 마음을 먹은 것이다.

하지만 길은 워낙 멀고 비용 또한 만만찮아서 쉽사리 엄두를 못 내고 있었다.

5,600미터가 넘는 고개를 넘어야 한다든지, 극지에서의 체력 등은 문제가 없어 보였다. 비용이 문제였다. 오가는 길이 너무 멀고, 서부 티베트 입경료로 인해 다른 지역보다 비용이 많이 든다고 했다.

그러다가 그곳에 꼭 가야 할 일이 생겼다. 꼭 그곳에서 해야 할 일이 생긴 것이다. 나는 내 곁을 떠난 아이를 그 곳에서 회향하고 싶었다. 그래야 될 것 같았다.

그래서 준비를 했다. 그러나 그곳은 쉽게 갈 수 있는 곳이 아니었다. 혼자서는 갈 수 있는 곳이 아니었다. 꼭 한국의 여행사나 현지 여행사에 의뢰를 해서 가이드와 운전기사를 동행하는 허가를 받아야 했다. 2000년 중반까지는 은밀하게 라사에 들어가서는 온갖 수단을 써가며 몰래 카일라스를 접근해서 만나고 오는 경우가 더러 있었다고 한다.

실제 우리나라 사람 중 몇 명은 그렇게 다녀와서 책을 출판한 사람도 있었다. 하지만 2008년 3월 티베트 승려와 민중의 대규모 독립 시위 이후로 외국인은 여행 허가증 없이는 라사에 들어갈 수 없게 되었다.

라사의 모든 사찰이나 포탈라 궁 등을 출입할 때 가이드가 제출하는 허가증을 함께 제출해야만 출입이 가능하다고 했다. 더군다나 서부 티베트로 가는 길은 경비가 무척 삼엄하다고 했다. 우리는 라사를 출발하기 전에 여권을 한사람 당 40부씩 복사했다고 가이드가 말해주었다. 하지만 그것만으로 부족하다며 나중에 10부씩을 더 복사했다고 했다. 그만큼 검문소가 많았다는 얘기다.

굳이 혼자 갈 수도 있겠으나, 혼자 가나 여러 명이 가나 가이드와 운전기사는 필수로 고용해야 하기 때문에, 혼자 간다면 부담이 많을 수밖에 없었다(그곳은 대중교통이 없다). 혼자 갈 수는 없는데, 일행 구하는 것도 만만한 일이 아니었다. 먼 길과 높은 고도와 긴 시간, 그리고 고행의 시간의 연속일 것이 분명한데, 쉽지 않은 일정으로 인해 몸과 마음이 극도로 예민해 질 수 있는 길이기에, 아무나와 갈 수는 없었다.

걷기만 목적으로 가기에는 그곳은 가는 길이 너무 멀었다. 그곳까지 가는 길은 비행기와 기차 그리고 인원에 따라 빌린 차로 한국에서 출발을 해서 산 아래까지 가는 데 근 일주일이나 걸리는 길이다. 물론 중간에 고소 적응차 쉬어가기도 하고 천천히 가기도 하지만, 어쨌든 너무 먼 것은 사실이다.

그러니 체력만 있다고 갈 수 있는 곳이 아니고, 시간이 많다고 갈 수 있는 곳도 아니며, 돈이 많다고 갈 수 있는 곳이 아니었다. 그 모든 것이 다 있어야 갈 수 있는 곳이었다. 거기에 한 가지 더 보태면 몸과 마음으로 정성을 다 하는 순례여야 하는 것이다. 주변에 그만한 것을 다 갖춘 사람은 많지 않을 것이다.

함께 할 수 있는 가까운 사람부터 의사를 타진하기로 하고, 처음 내게 카일라스를 함께 가지고 한 지우에게 의견을 물었고 꽃나가 나의 의견에 합세했다.

우리는 자주 만나고 친한 사이지만 생활 방식이 많이 달라서 힘든 여행을 함께 하기에는 부적합한 그룹이었다. 사소하게는 잠자는 시간도 다르고 일어나는 시간도 달랐다. 심각하게는 과연 그들이 그 힘든 곳을 갈 수 있을까 하는 염려도 되었다.

의심이 많은 나는 그들을 믿지 못했다. 왜 그러냐 하면 그들은 평소 산을 다니지도 않고 생활 방식도 달랐기 때문이다. 이런저런 일로 그들을 좋아하지만, 함께 험지로 가기에는 적합해 보이지 않았기 때문이다.

우리는 지리산 자락에 살면서 각자 자기 영역의 일을 하고 있었고 서로를 존중했다. 하지만 서로 살아온 방식이 다르고 서로 추구하는 것도 다르다 보니, 어려운 여행을 함께 하는 데는 생각이 많을 수밖에 없었다.

그들로서는 불쾌했을 수도 있겠으나 나는 대놓고 염려를 했다. 말을 돌려서 하지 못하는 내 성격 때문에 그들의 마음이 상했을 수도 있겠는데, 그들은 내색하지 않고 나를 받아주었다. 돌이켜보니 나의 '폭력'이 심했다.

그들은 일단 나의 입장을 접고 봐준 것 같다. 그 당시 나는 나의 상실로 인해 보이는 것이 없을 때였으니까. 안 그래도 모가 난 성격인데, 그 당시는 거의 각이 선 짱돌 수준이었을 것이다.

따지고 보면 지우와 나는 공통점이 거의 없었다. 그는 도시에서 태어나 좋은 가정에서 자랐고, 공주처럼 자란 그는 우리 모두의 열망인 공부를 잘 해서 우리나라의 최고로 좋다는 학교, 최고로 가기 힘든 과를 거쳤다고 한다. 학생운동을 했다고는 하나 그 몸으로 어떻게 그 엄혹한 세상을 견뎠을까 싶을 정도로 연약해 보였다.

이론으로 무장한 그와, 행동으로 생활하는 나는 어떤 때는 엄청 죽이 맞았지만 어떤 때는 절대 이해 불가한 부분이 많았다. 그럴지라도 우리의 공통 관심이 많았기에 자주 어울려 많은 시간을 보내고 함께 놀았다.

그는 누구에게도 들어보지 못한 말을 나에게서 들었을 것이고, 누구에게도 받아보지 못한 지적을 받았을 것이다. 그럴지라도 그는 단 한 번도 인상 찌푸리지 않고 항상 긍정적으로 나의 지적을 받아주었다. 나의 까탈스러움을 있는 그대로 받아주는 그는 고수(高手)임에 틀림없다.

나는 세월을 조금 더 살았다는 이유로, 산을 더 많이 다녔다는 이유로, 산 아래에서 노는 그들을 우습게 보았다. 내가 갔었던 산이 최고인 양, 나의 고행이 세상에서 유일한 고행인 양, 내가 본 풍광이 다른 누구도 보지 못한 것인양 굴면서 나름 그들에게 군림하면서 살았다.

나에게는 단점이 없는 양 그의 단점을 지적하고는 했지만, 실은 내가 문제였다. 나의 모난 성격이 문제인 것이다. 나만 잘 하면 될 것 같았다. 그들은, 세상의 모든 사람은 나와는 다른 사람이다. 그것을 인정하니까 마음이 놓였다. 그래도 염려가 되어 출발하기 전에 그들에게 당부했다. 혹시라도 내가 성질을 부리면 "자비"라고 한마디만 하라고 했다. 그러면 내가 알아차린다고 했다.

우리는 함께 가기는 하되, 필요할 때는 따로 하기로 했다. 말 그대로 '따로 또 같이'인 것이다. 그러던 중에 오송호 선배가 지리산에 왔다가 우리의 계획을 알게 되었고, 우리와 함께 하기로 했다. 그는 나의 순례 비용까지 감당해주었다. 모든 계획은 내 위주로 짰고, 그들은 나의 계획에 이의를 달지 않았다.

나는 2014년은 넋을 놓고 살았고, 2015년은 카일라스와 함께 살았다. 그곳에 갈 계획을 세우고, 자료 찾아보고, 그곳에 관한 책 구해서 읽고 하며 보냈다. 처음 접하는 것들이 많아서 생소하고 이해를 할 수 없는 것이 많았다.

주로 임현담 선생의 『강린포체』를 참고했다. 처음에는 무슨 말인지 몰라서 이해하기가 어려웠다. 몇 번을 읽어도 이해를 못 해서 그냥 읽으며 밑줄을 그어놓고는 필요할 때는 그 부분만 읽기를 반복했다. 카일라스를 좀더 알 수 있는 귀한 책이었고, 많은 도움이 되었다.

『티베트의 영혼 카일라스』라는 책도 구해서 읽었다. 시중에서는 구할 수 없어서 도서관에서 책을 빌려서 복사를 했다. 이 책은 로버트 서먼과 태드 와이즈 공저로 1995년 카일라스를 순례하며 기록한 것이다.

미국의 유명한 불교학자 로버트 서먼은 서양인으로서는 최초로 티베트 불교에 출가하여 10년간 수행을 했다고 한다. 그는 교수, 문필가, 화가 등으로 이루어진 열성적인 서구 불자 그룹을 이끌고 카일라스 순례를 떠난다. 그리고 카일라스를 향해 출발하는 순간부터 티베트의 귀중한 경전 『보리도등론』과 『마음을 다스리는 금강저』를 교재 삼아 동료 순례자들에게 매일같이 줄기차게 법을 설한다.

네팔 카트만두에서 출발하여 카일라스를 돌아 다시 네팔로 돌아오는 28일간의 순례길은 티베트의 대자연과 불교문화, 순수하기 그지없는 사람들 속으로의 여행이었을 뿐만 아니라 티베트 정신의 내면의 핵을 이루는 지고의 법을 향한 '붙잡을 것 하나 없는, 심연 속으로 뛰어드는 여정'이었던 것이다.

태드 와이즈는 로버트 서먼의 반항적인 제자로, 배우이며 싱

어송라이터이고 소설가이자 석수장이로 즉흥적으로 순례에 참여했다. 28일 간의 순례기를 꼼꼼히 기록해서 스승의 설법 사이에 끼워넣는 방식으로 책을 구성했다. 태드 와이즈는 자신은 불자는 아니고 단지 붓다에 열광하는 사람이라고 스스로를 소개했다.

이 시대의 보살 로버트 서먼은 '모든 독거미, 전갈, 악어들도 언젠가는 보살과 함께 부처를 이룰 것'이라고 선언하고 얼음지옥, 화탕지옥, 고독지옥, 압착지옥, 칼지옥, 아귀지옥에서 '채워지지 않는 욕망과 좌절 때문에 고통 받는 중생'을 다 건지겠노라고 서원한다. 일체는 거울에 비친 그림자와 같고 고통은 실재하지 않으며, 그것이 실재한다는 생각이 있을 뿐이라는 것이다. 고통 받는 중생을 바라보는 그의 시선은 보살이 아니고는 할 수 없는 것이다.

오래 전에 순례한 자료이고 또 네팔에서부터 출발한 일정 등으로 다소 우리 일정과는 차이가 있어도 성지에 대한 기본 생각과 서구식의 티베트 불교 이해 등이 흥미로웠다.

청전 스님의 책 『달라이라마와 함께 지낸 20년』 본문에 카일라스 순례 여정이 담겨 있다. 청전 스님이야말로 카일라스 순례를 제대로 했다고 본다. 카일라스 순례의 선구자라고 할 만하다.

그 외에 박범신의 『카일라스 가는 길』, 정희재의 『나는 그곳에서 사랑을 배웠다』, 오정환의 『수미산의 이쪽과 저쪽』, 스벤 헤딘의 『티베트 원정기』, 슈타인의 『티베트의 문화』 등, 구할 수 있는 책은 전부 구해서 읽었다. 아직은 카일라스에 관한 책이나 자료가 썩 많지는 않았다.

카일라스로 가는 길은 항공으로 중국의 시안이나 북경으로 가서 라사로 가는 길이 있고, 항공으로 북경에 가서 칭짱[青藏] 열차를 타고 라사로 가는 방법이 있다. 또다른 방법은 네팔로 가서 육로로 히말라야를 넘어 라사를 거치지 않고 곧바로 카일라스에 가는 방법도 있다.

나는 네팔을 통하는 길로 가고 싶었지만 지난번의 지진으로 인해 히말라야를 넘는 고갯길이 막혀서 갈 수 없다고 했다. 하는 수 없이 중국을 거쳐야 하는데, 살짝 고민이 되었다. 비행기로 라사까지 날아가는 것이 편하겠으나 칭짱 열차라는 괴물이 궁금했다. 중국의 행태를 봐서는 절대로 타서는 안 되지만 그래도 알고 비판하는 것과 모르고 하는 것이 차이가 있어 일단 타보고 비판을 하든지 욕을 하든지 미워하든지 하기로 하고, 칭짱 열차를 타기로 했다.

칭짱 열차는 서부 공정의 핵심적 숙원 사업으로, 중국 정부가 추진해온 티베트 라사까지 철도가 개설되었다. 달라이 라마는 이를 문화적 대학살이라고 비판했다. 그러나 철로는 2006년 7월 1일 개통되었다.

북경을 출발한 열차는 시안, 란저우, 시닝, 거얼무 지나 티베트의 주도 라사까지 총 길이 4,064킬로미터, 약 48시간이 걸린다고 한다. 세계에서 가장 높은 지역에 위치한 철로로, 최고 높은 지점인 탕구라 고개는 해발 5,072미터나 되며, 거얼무에서 라사까지는 평균 해발고도 4,500미터라고 한다.

칭짱 열차 개통으로 중국은 이제 필요하면 언제든지 군사와 군수물자를 대량으로 수송할 수 있으며, 티베트를 영구히 지배할 수 있는 확실한 통로를 만들었다고 할 만하다. 칭짱 열차가 개통되고 나서 막 여행 붐이 인 중국인들은 은둔의 땅 티베트를 열차로 다녀오는 코스가 가장 흥미로운 여행이 되어 열차는 항상 만석이라고 한다.

우리는 북경 서역에서 칭짱 열차 4인용 객실에서 만 이틀을 보낼 터였다. 우리는 짐이 많았다. 각자 야영 장비와 취사 장비, 그리고 식량 등으로 각자 카고백 하나씩에 개인 배낭이 있었는데, 북경 서역에는 짐꾼도 짐 실을 수레도 없어서 많이 힘들었다.

열차는 비교적 쾌적하고 시설도 좋았다. 화장실도 깨끗하고 따뜻한 물이 나오는 수도도 있고 뜨거운 물을 넣어둔 큰 보온물통도 있다. 물론 첫 출발지라 그렇겠지만 어느 탈 것보다 좋아 보였다. 수많은 한족들이 이용하는 듯했고, 열차는 만원이었다. 객실은 우리가 탄 4인실은 최고급이고, 6인실이 있고 대부분은 일반실을 이용한다고 한다. 시간이 오래 걸리니까 당연히 식당 칸이 있는데, 식당 칸은 식사 시간이 아니라도 붐볐다. 식당 음식은 보잘것없었고 맛도 없었다. 대신 음식에 비해 가격은 좀 비싼 걸로 기억된다. 미리 알았다면 준비를 해갔을 텐데, 아쉬웠다.

다녀온 사람들 후기는 식당 음식이 괜찮았다는 의견이 많아서 그런 줄 알았는데 전혀 아니다. 다시는 그 열차를 타지는 않겠지만 만약 다시 간다면 컵라면이나 밑반찬 유와 빵 등, 요기

할 수 있는 것을 가져가면 도움이 되겠다. 열차 안 식당 밥을 먹을 수 없어서 한국에서 가져간 빵과 북경에서 장을 본 과일로 조금 아껴 먹으며 해결했다.

간밤에 비가 왔고 아침 5시 반 정도 되니 창이 희부윰해지면서 먼동이 텄다. 창으로나마 바깥을 볼 수 있어서 조금 시원해지는 느낌이다. 폐소 거부증이 있는 나는 밀폐된 공간에 장시간 있는 것이 상당히 불편했지만, 어쩌겠는가?

삭막한 바깥 풍경을 보며 서로를 마사지를 하기도 했다가 서로 다리도 주물렀다. 호흡도 했다가 책을 보다가 일기를 쓰다가 차를 마셨다. 윷놀이도 하고 농담 따먹기도 하다가 누웠다 앉았다 했다. 여튼 그 공간에서 할 수 있는 거의 모든 것을 해보았다. 그래도 비교적 잘 견디는 편이다.

시간이 지날수록 기차 안의 공기 소통이 잘 안 되는 관계로 쾌적함은 사라지고 객실 밖에서 담배를 피우는 사람이 많아서 문틈으로 담배 연기가 들어오는 통에 골치가 아팠다. 시간이 지날수록 화장실은 더러워졌다. 누군가는 칭짱 열차를 타면 창밖 풍경이 여행의 백미라고 하는데, 내가 보기에는 끝없는 황량함 뿐이었다.

자고 일어나니 창밖 세상이 하얀색으로 변해 있었다. 눈이 온 것이다. 드디어 티베트 땅에 들어온 것이다. 해발 5,000m가 가까웠다. 거얼무부터 열차 내에 산소가 공급되어 비교적 쾌적했다. 그 전에는 담배 냄새와 연기로 고소증이 올 것 같았는데, 밤이기도 했고 지대가 높은 곳이라 모두 조심하는 듯했다. 차내 방송으로도 계속 담배를 삼가라는 경고가 이어졌다. 밤에 해발 5,072미터의 탕구라 고개를 넘어온 것이다. 밤에 넘느라 그런 줄도 몰랐다.

일행은 약간의 고소 증상이 있는 듯 기분이 약간 저조해 보이지만 심한 것은 아닌 듯하다. 나는 컨디션이 좋다. 지난밤부터 생각날 때 마다 복식호흡을 해왔다. 그동안 경험으로 복식호흡은 고소 적응에도 도움이 된다는 것을 알고 있기 때문이다. 호흡은 고소 증상뿐만이 아니라 웬만한 감기나 몸살에도 효과가 있다. 나는 평소에도 호흡을 하는 편이지만 감기 기운이 있거나 몸살이 올 것 같으면 앉아서 한 시간만 호흡하면 싹 달아난다. 누구에게나 권하고 싶은 간단한 방법이다.

드디어 라사에 도착한다. 시끄러운 깡통 안에서 만 이틀을 보내고 땅에 내리니 살 것 같다. 그나저나 이곳에도 짐꾼이나 수레꾼이 없어서 우리끼리 낑낑거리며 짐을 가지고 역 밖으로 나가야 했다. 가이드는 역 가까이 올 수 없다고 하며 한참 멀리서 우리를 기다리고 있었다.

해발고도 3,650미터의 라사는 화창하고 따뜻했다. 그러나 드디어 티베트에 도착했다는 감격도 잠시, 저 멀리 포탈라 궁보다 더 먼저 눈에 들어오는 것이 있었다. 마오쩌둥, 장쩌민, 후진타오, 시진핑 등 네 명의 공산주의 지도자들 사진이 엄청 크게 확대되어 사람들 눈에 가장 잘 띄는 곳에 걸려 있었다. 여기는 중국이다!라는 것을 확실하게 각인시키려는 의도 같았다. 너무했다. 우리는 분명히 티베트로 왔는데, 이곳이 티베트인지 아니면 중국의 어느 외곽도시인지 분간이 되질 않는다. 말이 막힐 지경이다.

현대식 건물은 그렇다 치고, 모든 건물마다 붉은색의 중국어 간판이 걸려 있고, 오성기는 하늘을 찌를 듯 높이서 펄럭이고, 거리마다 중국 노래가 흘러나온다. 할 말을 잊는다. 중국의 어느 도시에 와 있는 것 같다. 오성기는 길가 전봇대에 아예 고정으로 설치해둬서, 비가 오나 눈이 오나 바람이 부나 부동인 채로 팔을 벌리고 있다.

놀랍게도 라사 시내 거리나 도로 이름까지 중국 대도시 이름으로 바뀌었다. 가령 우리나라 서울의 도로명이 '을지로' '충무로' 하듯이, 어딘지는 모르겠으나 라사 시내 중심을 지나가는 도로 이름이 '베이징 로'다. 무섭다. 티베트를 향한 중국의 폭력은 어디까지일까? 알 길이 없다.

하기는 중국 정부는 이곳도 당연히 중국이라고 우길 것이다. 그도 그럴것이, 우리는 중국 비자 받고 중국 허가를 받아서 이곳에 온 것이다. 슬픈 티베트, 슬픈 라사, 슬픈 카일라스다. 좋은 마음으로 왔는데, 다 좋은데, 티베트는 어디에서 찾을 것인가?

빨리 도시를 떠나 성지에 더 가까이 가고 싶지만, 고소 적응을 해야 한다고 며칠 라사에 있으며 이곳 사찰과 궁전을 둘러보기로 일정이 잡혀 있었다. 실제로 우리 일행들도 고소로 인해 고생을 하긴 했다.

드레풍 사원과 세라 사원을 둘러봤는데, 티베트 불교를 모르는 나는 조금 어리둥절했다. 어마어마한 규모에 화려한 색상, 수도 없는 부처님과 보살상들, 그 크기와 장엄함. 뭐가 뭔지 몰라 인파에 휩싸인 채 떠밀리듯 어두운 법당을 지나치며 남들이 하는 대로 절 하면 함께 절하고 시주 하면 함께 시주하고 나왔다. 아는 만큼 보인다고, 도무지 아는 것이 없으니 그저 구경꾼일 뿐이다. 아니 구경꾼도 못 되었다. 무지한 중생일 뿐이었다.

오후 세시에 시간을 맞춰서 세라 사원으로 갔다. 그곳에는 스님들이 정원에 나와서 교리문답을 공개적으로 한다고 했다. 이제는 거의 관광객을 위해서 하는 행사가 아닌가 싶을 정도지만, 예전에는 대단했다고 한다.

우리가 갔을 때는 이미 전 세계 관광객들이 카메라를 들고 빙 둘러서 자리를 잡고 있었다. 조금 후 스님들이 등장했는데, 한 줄은 앉고 한 줄은 서서 서로 싸우는 듯한 행동으로 '대결'을 했다. 주로 서 있는 스님이 앉아 있는 스님을 '공격'했는데, 뭐라 뭐라 말하면서 때로는 소리를 치면서 손뼉을 치기도 했다. 손등을 치기도 하고 팔을 엇갈리게 치기도 하고 어떤 때는 상대의 머리를 치기도 했다. 어떤 스님은 다분히 장난기가 섞인 익살스러운 표정으로 관광객을 힐끔거리기도 한다.

어떤 스님은 또 매우 진지해서 토론에만 집중하며 손이 아프지 않을까 할 정도로 행동을 했다. 뜻은 모르지만 재미는 있었다. 한동안 동작을 보고 있자니 긍정일 때는 손뼉을 치며 한

손을 위로 들어올리고, 부정일 때는 손 등을 치고 한 손을 들어 올리는 것 같았다. 물론 틀릴 수도 있다. 순전히 나만의 해석이다.

늦은 오후에는 달라이 라마의 여름 궁전인 노블랑카를 방문했다. 그곳은 정말 양명한 곳 같았다. 다사로운 햇살에 밝은 건축물, 사방으로 꽃이 피어 있고, 연못에는 물고기가 논다. 온갖 나무에는 새들이 지저귀고, 정원은 잘 정돈되어 있었다. 그만한 휴양지가 없겠다 싶다. 달라이라마께서도 음침한 포탈라 궁보다는 밝고 양명한 노블랑카를 더 좋아하셨다고 한다. 그 세월이 얼마나 되었을지는 모르지만.

주인이 없는 궁전에는 이제는 관광객만 우르르 몰려와서 둘러보고 사진 찍고 가버린다. 그 중 단연 수가 많은 중국인 관광객은 무슨 생각을 하며 이곳을 오는가? 그들의 웃음소리와 시끄러운 목소리가 오염처럼 느껴진다.

궁전 안에는 달라이 라마가 사용했던 침실과 명상실을 볼 수 있게 했다. 그가 사용했던 생활용품도 전시되어 있다. 보관은 좋지만, 전시라니. 관광 상품이라도 된다고 생각하는 걸까? 주인 없이 몇 십 년을 보낸 빈 침대가 쓸쓸해서 괜히 자리를 뜰 수가 없다. 과연 그가 다시 돌아와서 저 침상을 다시 사용할 수 있겠는가? 그럴 수 있기를 기도한 후에야 발길을 옮긴다.

사원은 번잡함과 경건함이 뒤섞인, 거대하면서도 화려한 공간이었다. '이것이야말로 티베트구나' 하고 느낄 수 있는 곳인 듯하다. 그리고 깨끗하다고는 할 수는 없으나 정돈된 느낌이 있었다. 그러나 화사하긴 해도, 주인 없는 궁전은 쓸쓸했다.

다음날은 조캉 사원과 포탈라 궁을 갔다. 조캉 사원은 티베트의 또하나의 상징이라 할 수 있다. 모든 티베트 사람들이 이곳에서 참배를 하고 싶어 한다고 한다. 7세기 티베트를 통일한 송첸 감포왕이 지었다는 곳으로, 당나라의 문성공주가 송첸 감포왕의 왕비로 오면서 가지고 온 불상을 모셔둔 곳이라고 한다.

실제로 참배객이 엄청 많기도 했고, 오체투지를 하는 사람도 많았다. 사람에 떼밀리듯 코라를 돌아보는데, 참배객과 장사꾼과 오체투지를 하는 사람, 어른 거지 아이 거지에 관광객까지 어우러져 움직이고 있어서, 마치 꼭 구름덩어리가 움직이는 것 같았다. 내 깜냥으로는 사원은 조용하고 경건해야 하는 곳인데,

이곳은 완전 그 반대라 할 만하다. 조캉 사원은 크고 화려하고, 그리고 번잡했다.

포탈라 궁은 이제 세기의 관광지로 전락한 듯하다. 수많은 관광객이 줄을 서서 입장을 한다. 조캉 사원과는 달리 포탈라 궁에는 현지인은 거의 볼 수 없었다. 가파른 계단을 올라가다가 슬쩍 옆으로 새버린다.

왼쪽으로 살짝 벗어나니 컴컴한 토굴 같은 방이 여러 개 있었다. 그 중 문이 열려 있는 방에 갔더니 스님 한 분이 경전을 외다가 우리를 발견하고는 들어오라고 손짓을 했다. 어두운 방에는 당신이 직접 숙식을 이 공간에서 해결하는지 간소한 살림과 이부자리가 한 켠에 있고, 의자 겸 침상이 놓여 있다. 그 앞에 책상 겸 찻상 겸 식탁일 탁자가 자리 잡고 있다. 탁자 한쪽에는 보온병과 찻잔들이 있다. 우리에게 자리를 내주고 차를 내주며 입으로는 연신 경전을 중얼중얼 한다.

눈으로는 우리를 쳐다보고 손으로는 차를 권하지만, 입만은 우리와 다른 세계에 있는 것 같다. 물론 말이 통하지 않아서 그런 것이지만, 서로 말은 하지 않고 한참을 차만 마시며 앉아 있다가 조금의 시주를 하고 나왔다.

그 스님에게 달라이 라마 사진을 선물로 줬으면 좋았을 텐데 싶었다. 사진을 가지고 가고 싶었지만 가이드가 하도 주의를 줬다. 티베트에서는 달라이 라마 사진만 가지고 있어도 잡혀간다나. 그래도 사실은 달라이 라마 사진 몇 장을 배낭 깊숙이 숨겨 오기는 했다. 하지만 그 배낭은 지금 숙소에 있으니 별 도리가 없었다.

포탈라 궁에서 관광객에게 허용된 곳을 둘러보았다. 역시 달라이 라마 침상을 보며 다시 쓸쓸해져서 마음이 울적했다. 오체투지로 포탈라 궁 외곽을 도는 현지인의 표정은 왠지 쓸쓸해 보인다.

아니, 사원은 비교적 밝은 느낌이 나는 곳이다. 아니상쿵이라고 하는 비구니 사찰로, 입구부터 깔끔한 느낌이다. 이 비구니 사찰은 그동안 겪은 번잡함과는 달리 아주 고요하고 경건하고 환한 느낌이다. 이 사원은 비구니 공동체로, 절 입구의 기념품 가게를 비롯해서 식당까지 모두 스님들이 직접 관리한다고 한다.

사찰 안으로 들어가니 우물가에서 채소를 씻는 어린 비구니들이 상큼하게 웃음을 보내준다. 그 햇살 같은 미소에 기분이 환해졌다. 실내로 들어가니 어린 비구니 스님들이 모여 앉아서 경전을 말아서 마니차에 넣는 일에 여념이 없다. 경전 글귀를 빽빽하게 적은 종이를 작게 돌돌 말아서 마니차에 넣거나 불상 복장(腹藏)에 넣는다고 한다.

마니차에 경전을 넣는 것은 글자를 몰라서 경전을 읽을 수 없는 사람을 위한 배려다. 마니차에 경전이 들어 있으므로 그것을 돌리면 경전을 읽은 것과 같은 효과가 있다는 것이다. 참 괜찮은 발상이자 남을 위한 배려다.

나도 한 자리 차지하고 앉아서 경전을 돌돌 말아본다. 나의 서툰 솜씨에 볼이 빨간 어린 비구니 스님들이 재미있어 하며 나에게 이렇게 저렇게 하라며 가르쳐준다. 나는 한동안 경전을 말았다. 어린 비구니 스님들은 나의 어설픈 손짓에 킥킥 웃고는 했다. 내가 서툴게 말아넣은 경전이 누군가의 마니차에서 돌아가는 상상을 하니 즐겁다. 나도 뭔가를 했다는 기분도 들어서 티베트에 들어온 후로 가장 기분이 좋아졌다. 그렇게 한동안 그곳에서 시간을 보내다가 일어난다. 그곳에 있는 모든 비구니들이 한 목소리로 '타시텔레'를 합창한다. 참 보기 좋은 풍경이다.

이곳은 식당도 스님들이 직접 조리를 한다고 해서 먹어보기로 하고 식당으로 올라간다. 메뉴는 만두와 국수, 수제비, 볶음밥 정도가 있는데, 나는 국수를 주문했다. 스님들이 조리했다는 국수는 그러나 조금 과장해서 철사줄 같았다. 실수인지, 아니면 항상 그렇게 나오는지는 모르겠다. 억지로 먹는 둥 마는 둥 하고는 차를 시켜 마시고 나왔다. 시간만 된다면 그곳에서 오래도록 머물며 그들과 함께 하고 싶은 마음이다.

내일은 라사를 떠나는 날이다.

호텔로 돌아오니 가이드를 아는 현지 장사꾼이 기다리고 있었다. 천주석이라는 보석을 가지고 카일라스 코라를 하고 오면 돌의 색깔이 바뀐다는 것이다. 색깔이 바뀐 천주석은 부르는 게 값일 만큼 가격이 올라간다는 것이다. 돌의 색이 정말 변하는지는 모르지만 그 사람들의 카일라스로 향한 마음이 읽히는 부분이기도 하다. 얼마나 가고 싶으면 카일라스를 돌고 온 돌이라도 가지고 있고 싶어 하겠는가?

그 장사꾼은 자기는 못 가지만 그곳을 가는 사람에게 부탁하러 온 것이다. 그는 우리는 믿을 수 없는지 가이드에게만 천주석 몇 개를 주며 꼭 함께 카일라스 코라를 돌고 오라고 하며 그 대가로 그의 목에 천주석 목걸이를 걸어주었다.

그 말에 솔깃했을까? 진짜와 가짜를 구분할 줄 모르는 나는 그냥 천주석이라 믿고 기념품 몇 개 사서 배낭 깊숙이 넣었다. 색이 변하든 말든 일단은 카일라스 코라를 돈 물건이라는 것에 의미를 두기로 했다. 코라를 나와 함께 한 돌은 고마운 사람들에게 선물할 것이다(나중에 보니, 내가 가지고 간 것은 가짜였는지 색이 변하진 않았다. 가이드가 가지고 간 보석은 나중에 정말 색이 변했는지 확인했어야 했는데, 잊어버렸다. 진짜는 어떤 색으로 변했을지 궁금하긴 하다).

이제 라사를 떠나면 한동안 이만 한 숙소는 없을 터여서, 호텔에서 누릴 수 있는 모든 것을 누리려고 한다. 그래 봐야 욕조에 따뜻한 물을 받아서 반신욕을 하는 것이지만.

라사를 떠난다.

카일라스에 한 걸음 다가가는 것이다.

얄룽창포 강을 만나고부터 길은 계속 그 강과 함께한다. 강을 만나는 순간부터 가슴이 뛰었다. 이 강은 바로 카일라스에서 발원하는 강이기 때문이다. 속으로 가만히 “얄룽창포” 하고 발음해 본다.

이 강은 카일라스에서 발원해서 동쪽으로 흐르다가 히말라야 남차발와(7,756미터)를 만나면서 급히 남서쪽으로 향하며 거의 수직으로 떨어진다고 한다. 거의 해발고도 4,000미터 전후로 히말라야 산맥과 평행으로 흐르던 얄룽창포는 히말라야 남차발와를 휘감으며 45킬로미터 구간을 무려 3,000미터나 낙하한다고 한다. 얄룽창포는 그 구간을 지나며 브라마뿌뜨라로 이름을 바꾸고는 인도 아삼 지방과 방글라데시를 통과하여 벵골 만으로 흘러간다고 한다. 총 길이는 2,900킬로미터로, 티베트인들에게는 생명의 강이라고 한다.

암드록초 호수를 감상한다.

차는 꾸불꾸불한 하지만 산뜻하게 포장된 도로를 한참 달려 카무파라 고개(4,990미터)로 올라갔다. 한순간 눈앞에 ‘파아란’ 호수가 확 펼쳐졌다. 연하지도 짙지도 않은 오로지 파아란 색의 향연이다. 어떤 파랑인가 하면, 사람들이 처음 파란색을 만들 때 이 호수를 보고 만들지 않았을까 하는 생각이 들 정도다.

암드록초는 마나사로바, 남초와 더불어 티베트의 삼대 성호(聖湖)로 알려져 있다. 언덕에 내 걸린 타르초가 바람에 마구 흔들린다. 타르초가 있다는 것은 성스러운 곳이라는 뜻이다. 주변 풍광은 너무나 아름다운데 어쩌자고 눈물이 나는 것인지 모르겠다. 일행에게 들키지 않으려고 언덕으로 자꾸 올라간다. 언덕에서 내려다본 호수는 끝없이 넓고 아름답다. 혼자서 한참을 있다가 추워서 내려왔다.

시가체로 가는 길은 비교적 좋은데, 구간 단속으로 인해 차가 속도를 내지 못하거나 가다가 한참씩 쉬었다 가기도 했다. 차도 힘겹게 올라가는 5,000미터 고개를 자전거로 올라가는 사람을 심심찮게 본다. 그 고도에서, 짐받이에 야영 장비와 식량을 싣고 힘겹게 페달을 밟으며 넘고 있다.

그들은 아마 우정 공로를 따라 네팔로 넘어갈 것이다. 아니, 네팔 길은 막혔다고 했으니, 모르겠다. 어쩌면 카일라스로 갈 수도 있겠다. 보는 것만으로도 숨이 가쁘다. 그럴지라도 조금 부럽기도 하다. 자기가 좋아하는 것을 위해서 그만한 고난을 즐기는 그들이겠기에 그렇다.

주변 풍광은 너무나 아름다운데 어쩌자고 눈물이 나는 것인지 모르겠다. 일행에게 들키지 않으려고 언덕으로 자꾸 올라간다. 언덕에서 내려다본 호수는 끝없이 넓고 아름답다. 혼자서 한참을 있다가 추워서 내려왔다.

시가체는 라사와 다를 바가 없는 도시다. 이곳의 도로명은 슬프게도 '상하이'다.

간체에서 시가체 구간은 티베트의 곡창지대인 것 같다. 농토가 많고 비닐하우스가 눈에 띈다. 중국 정부가 드물게 잘한 일 중 한 가지는 티베트에 비닐하우스를 보급한 것이라 할 만하다. 지대가 높아서 채소를 거의 기르지 못하는 이곳에, 비닐하우스는 거의 신세계였을 것이다. 이제는 채소를 길러 먹을 수 있는 것이다.

하지만 모르겠다. 그들에게 그것이 꼭 좋은지는. 수백 수천 년 동안 그들은 야채 없이도 잘 살았으니 말이다. 실은 비닐하우스는 거의 한족이 운영한다고 한다. 비용이 많이 들어서 티베트 사람들은 하기 어렵다는 것이다. 돈을 좇아 몰려온 한족들이 비닐하우스에 야채를 생산해서 티베트 사람들에게 비싸게 파는 것이다.

찻길 가에는 그들이 수확한 것들을 진열해놓고 지나가는 사람들이 사가기를 바라고 있었다. 그런데 생뚱맞게도 수박이 주를 이루고 있었다. 왜 하필 수박일까? 내가 알기로 수박은 추운 곳에서는 별로 어울리는 과일은 아닌데 말이다. 우리도 한여름에 수박을 먹지 않는가? 해발고도 3,000미터 이상에서 만나는 수박은 어울리지 않는 과일이다. 어쩌면 그때가 비닐하우스에서 수박이 막 생산되었을 시기였을지도 모르겠다. 다른 야채도 많을 텐데, 다른 과일도 많을 텐데, 도무지 모를 일이다.

라체라는 곳 주변은 논들이 있다. 아마도 서부 티베트에서 유일하게 논농사를 지을 수 있는 곳이 아닌가 싶다. 농부의 일손도 어느 곳보다 부지런하고 분주해 보인다. 야크 또한 농사철이라 사람의 일손을 돕겠다고 들에 나와 있다.

뉴 팅그리는 초모랑마(8,848미터. 에베레스트. 네팔 명칭은 샤그라마타) 베이스캠프로 통하는 길이다. 차창 밖으로 보이는 길은 높은 경사로 인해 U자를 길게 늘여놓은 듯한 지그재그 길이다. 차가 초모랑마 베이스캠프 바로 아래까지 간다고 했다.

티베트 히말라야를 만난다. 초모랑마, 로체, 마카루, 초오유 등 네팔 쿰부 히말라야의 산들로, 그동안은 앞쪽, 그러니까 네팔 쪽에서만 봐왔던 산들인데, 뒤쪽인 티베트 쪽에서 보니 새롭다. 물론 생김새도 달라서 당장은 어디가 무슨 산인지 모르겠다.

8,000미터 봉우리마다 구름이 걸려 있어서 꼭대기 조망이 안 되니 더 모르겠다. 하지만 멋진 히말라야 풍광에 감동한다. 초모랑마 베이스캠프 가기 전에 천막 텐트들이 여럿 있다. 아마 이곳까지 관광 온 사람들이 묵어가거나, 초모랑마 등반가들이 휴식을 위해서 들르는 곳인 모양이다. 그 천막 숙소까지는 찻길이 뚫려 있다. 거기서 잠시 걸어 올라가면 초모랑마 베이스캠프인 것이다.

약간 실망이다. 지난날의 나였다면 이곳은 참 의미가 있는 곳이었을 것이다. 하지만 지금은 별 감흥이 없어 오히려 당황한다. 이번에 나의 목적은 오로지 카일라스와 마나사로바 순례에 있기 때문에, 다른 것에 마음을 내줄 수가 없다.

날씨가 흐렸다. 잠시 모습을 보여주던 지구의 최고봉은 더는 보여주지 않았다. 할일없이 서성이다가, 그곳에 왔다는 기념 낙서들이 있는 바위에 나도 한글로 보탠다.

"티베트 해방!"

"남북통일!"

그리고는 미련 없이 내려왔다.

돌아나오는 길은 눈이 내리기 시작했다. 예전에는 초모랑마로 가는 사람들로 인해 번성했을 올드 팅그리는 그러나 쓸쓸하다. 초모랑마로 가는 모든 사람들이 이제는 뉴 팅그리에서 차를 타고 가기 때문이다. 쇠락해가는 호텔에는 우리 일행뿐이다.

사가라는 곳은 카일라스로 가는 모든 순례객과 관광객이 모여드는 동네답게 수많은 숙소와 상점들로 도시를 방불케 한다. 며칠을 차를 타고 이동하는 동안, 바람이 불기는 했지만 날씨는 좋았다. 황량한 흙빛에 그 흙빛을 닮은 짐승들, 구릉들, 벌판들만 보다가 눈을 들면 파란 하늘에 구름이 얼룩소 문양으로 하늘에 둥둥 떠 있다. 그들이 만든 구릉의 그늘은 꼭 얼룩소의 등과 같다. 티베트의 하늘과 구름은 항상 그랬다.

지나다가 히말라야로 눈을 돌려 누운 부처님 형상의 시샤팡마를 만났다. 눈이 다 시원하다. 멋진 풍광이다. 감동적이다. 그런데 좀 이상하다. 감동이긴 한데 지난날의 가슴 뛰는 것이 아닌, 그냥 또다른 자연의 감동이랄까? 내가 감동해야 할 대상이 변한 것인지도 모른다. 가슴 뛰는 대상이 바뀐 것인지도 모른다.

하긴 변하지 않는 것이 이상할 수도 있겠다. 세상이 다 변하고 나도 변했는데, 그 대상인들 어찌 변하지 않겠는가?

서쪽으로 가는 길에 가끔 유목민이나 양치기를 만나고는 했다. 우리는 바람도 쏘일 겸 차에서 내려 기지개를 켠다. 그때 한 양치기 여인이 있어서 "타시텔레!" 하며 인사를 하자 볼을 붉히며 수줍게 웃는다. 그 모습이 좋아서 사진을 찍어도 괜찮으냐고 묻자 고개를 끄덕였다.

사진을 찍고 돌아서려는데 여인은 품에서 자기의 전화기를 꺼내더니 우리를 향해 사진을 찍으며 혀를 날름 한다. 순간 뒤통수를 한방 맞은 느낌이다. 그의 표정에서 너만 있냐? 나도 있다, 하는 것 같았다.

나는 왜 그에게는 그 기계가 있다는 생각을 못했을까? 온 세상이 스마트폰 세상인데 그들만 없을 이유는 없다. 하하!

실은 나는 아직 폴더 폰을 쓰고 있다(몇 가지 스마트폰 기능이 있기는 하다). 나는 그 전화기로 거의 전화를 받고 걸고만 한다. 자랑은 아니지만 기계와 친하지 못해서 아직도 그렇게 사는 것이다. 시대에 뒤진 사람이라고 생각할 수도 있지만, 내 삶도 그러해서 그냥저냥 불편 없이 할 수 있는 것만 하고 사는 편이다.

한동안 전화기 없이 살았던 적이 있었다. 그런데 나는 괜찮은데 주변에서 오히려 아우성이었다. 필요할 때 연락을 할 수 없다는 것에 불편해했고, 나를 이기주의자라고 공격했다. 그럴 수도 있었겠다. 나는 필요하면 공중전화라도 찾아서 연락을 했을 테니까. 하지만 그들은 꼭 나에게 전할 것이 급한데 방법이 없다는 것이다.

세상이 급하게 돌아가다 보니 소식도 급하게 오고가야 하는 것이다. 한동안 버티다가 결국 나도 휴대전화기를 갖게 되었다. 시대에 뒤지고, 뭐 세상을 공유하지는 못하지만, 그리고 가끔 주변 사람들에게 신세를 지고는 하지만 세상에 나 같은 사람도 있지 않겠는가? 나는 그것이 부끄럽지도 궁하지도 않다. 주변에 원시인 같은 사람 한 사람 정도는 있어도 재미있지 않나? 나만의 생각인가? 정말 나는 이기주의자인가? 그 티베트 양치기 여인의 잘 빠진 스마트폰을 보며 요즘 세상을 생각하고 또 나를 생각해보는 시간이었다.

이번 여행을 하면서 보니 티베트 사찰에서도 스님들이 선글라스를 쓰고 스마트폰으로 열심히 세상과 소통하는 모습이었다. 각자 자기 방식으로 세상을 사는 것이다.

티베트 서부 오지에도 사람은 살고 있다. 주로 야크나 양을 키우지만 작은 땅에 빈약한 농사를 짓기도 해서 가끔 차창 밖으로 보면 추수한 알곡을 타작하는 모습이 보인다. 작은 멍석에 알곡을 널려두고는 작대기로 두드리는 것을 보면 저 속에 과연 알맹이가 들어 있기나 할까 싶을 정도로 거의 먼지만 날리는 것으로 보인다. 그 옆에는 아랫도리가 뚫린 내복을 입은 아이가 엄마 뒤에 숨어서 다른 세상에서 온 이방인을 구경한다.

5,000미터가 넘는 고개를 올라가면 현지인들이 타르초가 무더기로 걸린 언덕에서 자신이 준비해간 타르초를 내걸고는 하얀 종잇조각을 공중에 뿌리며 쇼, 쇼 어쩌고 하며 큰 소리로 기도하는 모습도 보인다. 일부러 그곳에 온 사람도 있지만, 그 길을 지나가는 운전수도 차에서 내려서 그런 의식을 하는 것 같았다.

티베트는 산꼭대기, 언덕, 호수, 물가, 동굴 등이 신성한 곳으로 여기며 기도를 한다고 한다. 그런 곳을 지나다 보면 항상 타르초가 펄럭인다. 우리가 지나온 무수한 강가, 호수, 높은 언덕에는 수도 없이 타르초가 있었다. 그 모든 것을 보고 느끼느라

한시도 꾸벅꾸벅 졸 수 없었다.

이제 우리의 목적지가 점점 가까워지고 있다는 것을 느낀다. 그렇게 느끼고 나자 마음이 조급해졌다. 들뜬 상태가 되며 약간 안절부절이다. 가슴이 두근거리고 숨이 잘 쉬어지지 않는다. 처음 대면했을 때 나는 어떻게 행동해야 할지 도무지 모르겠고, 어떤 행동이 나올지 감도 잡히지 않는다. 차분해져야 할 마음이 오히려 허둥대고 있는 것이다. 그러나 나의 조급함과는 달리 좀처럼 나의 목적지는 나타나지 않았고 나는 조바심이 났다.

얼마나 시간이 더 흘렀을까? 드디어 비로소 도착한 것이다. 딱 그 시간 그곳에 내가 온 것이다.

어쩌면 눈보다 몸이 먼저 알았을까? 그래서 몸이 먼저 무너져내렸을까? 오래 전부터 그렇게 해온 사람처럼 카일라스와 마나사로바를 보는 순간 온몸으로 경배의 오체투지를 한다. 그리고 속으로 이렇게 외친다.

“부름에 감사합니다. 저를 불러주셔서 감사합니다!”

가장 빛나는 혼자

남난희의 카일라스 순례

지은이 남난희

펴낸곳 마인드큐브
펴낸이 이상용
책임편집 김인수
디자인 SNAcomm.

출판등록 제2018-0000063호
이메일 viewpoint300@naver.com
전화 031-945-8046
팩스 031-945-8047

초판 1쇄 발행일 2022년 8월 29일

ISBN 979-11-88434-63-3 (03800)